Courteline

Coco coco et toto

Georges COURTELINE

Prix. 95 Centimes.

COCO, COCO & TOTO

Ernest FLAMMARION, Éditeur, Paris.

COCO, COCO & TOTO

EN VENTE A LA MÊME LIBRAIRIE

OUVRAGES DU MÊME AUTEUR

Collection in-18 jésus.

LES MARIONNETTES DE LA VIE
Illustrations en noir et en couleurs de A. BARRÈRE
(16e mille).............................. 1 vol.   3 50
BOUBOUROCHE
Illustrations en noir et en couleurs de A. BARRÈRE, DILLON,
Ch. ROUSSEL et H. de STA (16e mille)...... 1 vol.   3 50
LES GAIETÉS DE L'ESCADRON
Illustrations en couleurs de GUILLAUME (25e mille). 1 vol.   3 50
LES FEMMES D'AMIS
Illustrations de STEINLEN (10e mille). 1 vol............   3 50
LE TRAIN DE 8 H. 47
Illustrations en couleurs de GUILLAUME (40e mille).. 1 vol.   3 50
LIDOIRE ET POTIRON
Illustrations en couleurs de GUILLAUME (20e mille).. 1 vol.   3 50
MESSIEURS LES RONDS-DE-CUIR
Illustrations de BOMBLED (14e mille.)............. 1 vol.   3 50
AH ! JEUNESSE !
(10e mille)......................... 1 vol.   3 50
UN CLIENT SÉRIEUX
(19e mille)................................. 1 vol.   3 50
LA PAIX CHEZ SOI
Comédie en un acte....................... 1 vol.   1 25
LA CONVERSION D'ALCESTE
Comédie en un acte, en vers................ 1 vol.   1 25
LES BALANCES
Comédie en un acte....................... 1 vol.   1 25
LIDOIRE
Tableau militaire en un acte................... 1 vol.   1 »

DANS LA COLLECTION DES PIÈCES A SUCCÈS

LE GENDARME EST SANS PITIÉ........... 1 vol.   » 60
MONSIEUR BADIN..................... 1 vol.   » 60
LE COMMISSAIRE EST BON ENFANT....... 1 vol.   » 60
LA CINQUANTAINE.................... 1 vol.   » 60
PETIN, MOUILLARBOURG ET CONSORTS... 1 vol.   » 60
L'AFFAIRE CHAMPIGNON................ 1 vol.   » 60
BLANCHETON PÈRE ET FILS............. 1 vol.   » 60

GEORGES COURTELINE

COCO, COCO & TOTO

Illustrations de A. BARRÈRE

PARIS

ERNEST FLAMMARION, ÉDITEUR

26, RUE RACINE, 26

—

COCO, COCO & TOTO

LE MAITRE DE FORGES

MONSIEUR, *qui se dispose à faire à madame la lecture du* MAITRE DE FORGES. Tu y es, Coco ?

MADAME

Oui, Coco.

MONSIEUR

Je commence. Nous étions arrivés au moment où Philippe Derblay se dispose à quitter la chambre nuptiale.

Il lit.

« Vous venez en un instant de détruire tout mon bonheur, dit Philippe d'une voix émue, et je pleure, madame, je pleure !... »

S'interrompant.

Mon Dieu ! que c'est joli, ce *Maitre de Forges !* et comme c'est humain ! Voilà soixante et onze fois que je le relis ; n'importe ! c'est toujours avec la même admiration.

Il lit.

« Mais c'est assez de faiblesse, continua Derblay qui se leva et essuya du revers de la main une larme, restée au bord de sa paupière. Vous parliez tout à l'heure de me payer votre liberté. Hé bien ! je vous la donne pour rien !... »

S'interrompant.

Ce qui me plaît là-dedans, c'est que c'est bien écrit. Ah ! la forme ! la forme ! il n'y a que ça ! Tu le comprendras quand tu seras plus familiarisée avec la littérature.

Il lit.

« Tout lien... »

S'interrompant.

Oh ! et puis tu verras ; la fin est encore plus chic !...

« Tout lien est rompu entre nous. Adieu, madame, voici votre appartement, voici le mien. A compter d'aujourd'hui, vous n'existez plus pour moi. »

S'interrompant.

Et quand on songe qu'il y a des gens qui n'apprécient pas Georges Ohnet !... Faut-y être bête !

MADAME

Tu es assommant, tu sais, avec tes interruptions continuelles.

MONSIEUR

Excuse-moi, ma chère amie. C'est l'enthousiasme qui me les arrache.

Il lit.

« ... n'existez plus pour moi. Ainsi

parla le maître de forges, et se retournant, il fit voir à Mlle de Beaulieu... »

Il tourne la page.

« ... quelque chose d'énorme dont la fière jeune fille resta étonnée et troublée. »

MADAME

Quoi ? quoi ? qu'est-ce qu'il lui fait voir ? C'est dégoûtant, cette histoire-là !

MONSIEUR

Ne fais pas attention ; j'avais passé une page.

MADAME

Mouille donc ton doigt.

MONSIEUR

Rétablissons.

Il lit.

« ... et se retournant, il fit voir à Mlle de Beaulieu... plus de dédain hautain que de réel mépris. »

MADAME

A la bonne heure.

La lecture continue.

MONSIEUR, *qui s'interrompt brusquement de nouveau.*

Quelle connaissance du cœur humain ! Comme cette Claire de Beaulieu éprouve bien ce que nous éprouverions à sa place ! Et quelle noblesse dans l'expression !... Ah ! le mot juste ! tout est là !... Et on parle des symbolistes ! Tiens, Coco, veux-tu que je te dise ? ils me font suer, les symbolistes !

Haussement d'épaules.

Où en étais-je ? Ah ! oui !

Il lit.

« Le châtiment était terrible mais non disproportionné avec la faute. La jeune femme pu... »

Il tourne la page.

« ... ait des pieds... »

MADAME

Comment ! la jeune femme...

MONSIEUR

Mais dame.. — Ah ! pardon ! chère amie, j'ai encore passé une page.

MADAME, *agacée.*

Mouille donc ton doigt !

MONSIEUR

Rétablissons...

Il lit.

« ... la jeune femme pu... nie dans ce qu'elle avait de plus sensible : son orgueil... »

MADAME

A la bonne heure !

La lecture continue.

MONSIEUR, *s'interrompant encore.*

Fais bien attention, nous voici arrivés au point culminant du récit, et c'est ici que le psychologue se révèle magistralement dans le charmeur.

Ecoute ça :

« Alors je ne sais plus ce qui s'est passé en moi, expliquait Claire à la baronne de Préfond qui l'écoutait avec une attention extrême, je me sentis envahie de sen... »

Il tourne la page.

« ... sues... »

MADAME

De sangsues ? envahie de sangsues ?

MONSIEUR

Mon Dieu... Oh ! que je suis bête... j'ai encore passé une page.

Il lit.

« ... de sen... timents », chère amie, de sentiments !... « Je me sentis envahie de sentiments contraires à ceux qui m'avaient agitée jusqu'alors. »

MADAME

A la bonne heure. Mouille donc ton doigt.

La lecture s'achève. Minuit sonne.
Monsieur renvoie la suite au prochain numéro.
La scène du coucher.
Nuit complète.

MONSIEUR, *d'une voix qui se meurt.*

Que la peau de ton épaule est douce, chère enfant !

Long silence.

Puis :

MADAME, *qui sans doute, poursuit une idée fixe.*

Mouille donc ton doigt...

LES CHOUX

De la pâle ruelle du lit où il s'étirait frileusement en attendant que l'heure sonnât de se lever pour le travail :

— Chou ! cria Monsieur à Madame

Madame, immobile, se taisait, ses mains croisées sous la nuque, jetant au reflet d'un miroir qui s'inclinait en l'ombre imprécise de l'alcôve les sombres creux de

allongée à son côté, puisque tu as fini de le lire, passe-moi donc l'*Echo de Paris*, que je voie un peu les nouvelles.

— Non ! répondit sèchement Madame. Les choux ne sont pas faits pour passer les journaux.

Cette réplique troubla Monsieur qui en médita longuement l'étrangeté inattendue.

ses aisselles et la mare d'encre qu'étendaient par le lit ses beaux cheveux éparpillés.

Cinq minutes s'écoulèrent. Soudain :

— Chou ! cria de nouveau Monsieur ; puisque tu es auprès de la table de nuit, passe-moi donc mon paquet de tabac, que je me fasse une cigarette.

— Non ! répondit encore Madame. Les choux ne sont pas faits pour passer du tabac.

Elle dit et pinça les lèvres, l'œil au plafond où rayonnait en larges plis un ciel de lit Pompadour.

— A merveille ! dit alors Monsieur, une légère humeur dans la voix ; mais comme je m'embête en ce lit, ne pouvant ni fumer ni lire, je ne m'y attarderai pas une minute de plus. — Passe-moi mes chaussettes, chou ; je me lève.

Et il se soulevait sur les paumes, en effet, quand, à son étonnement extrême :

— Non ! répondit Madame une troisième fois. Les choux ne sont pas faits pour passer des chaussettes.

Lui, se mit en colère, du coup.

— Ça va durer longtemps ? En voilà une histoire ! A-t-on idée de choux pareils ?... Par le diable, il faudrait s'entendre ; s'ils ne sont faits ni pour passer le tabac, ni pour passer les chaussettes, ni pour passer les journaux, pourquoi donc sont-ils faits, les choux ?

Madame n'eut pas un mouvement.

Simplement, amenant sur Monsieur la dureté de ses yeux bleu-acier où flambaient, sombres, des rancunes :

— Pour qu'à la mode de chez nous, fit-elle d'une voix grave, on les plante !...

L'ILE

Il est neuf heures du soir, Monsieur et Madame, adossés dans leurs fauteuils, lisent chacun un journal du jour.
    Soudain :
MADAME, *s'interrompant de lire la politique extérieure.*
Dis donc, Coco.

MONSIEUR
Quoi, Coco ?

MADAME
Une île britannique, qu'est ce que c'est ?

MONSIEUR
Ce que c'est qu'une île britannique ?...
    Didactique :
On entend par Iles Britanniques la réunion de l'Irlande, de l'Ecosse et de l'Angleterre... Vraiment, Coco, il n'y a que toi pour poser des questions pareilles ! Alors, oui, tu croyais qu'on disait une île britannique, comme on dit un roc escarpé ou un vermouth-guignolet ?

MADAME
Ne te paye donc pas mon visage, s'il te plaît.

MONSIEUR
Je te jure...

MADAME
Je la connais. C'est comme la fois où tu m'as dit qu'il y avait des animaux ayant les pattes un peu plus courtes du côté droit que du côté gauche, ce qui leur était très commode pour courir sur les flancs des montagnes. Ça ne prend plus.

MONSIEUR
Mais...

MADAME
Ça ne prend plus !
    Le menteur n'est point écouté,
    Quand même il dit la vérité.
Attrape, Coco. Ça t'en bouche un coin, ça, mon vieux.

Ironique.

Comme ça, tu voudrais me faire accroire que l'Angleterre est une île ?

MONSIEUR

Bien sûr, l'Angleterre est une île.

MADAME

Veux-tu te cacher !... Si c'était vrai, y a longtemps que tu me l'aurais dit.

MONSIEUR

Je te l'aurais dit, si tu me l'avais demandé. Et puis, d'ailleurs, c'est bien simple.

Il saute sur ses pieds et va chercher dans son cabinet un atlas qu'il apporte grand ouvert.

Tiens, entêtée, regarde toi-même.

MADAME, *convaincue.*

C'est pourtant vrai !... Eh bien, je ne l'aurais jamais cru.

Monsieur reprend son journal. Madame demeure absorbée dans la contemplation de l'atlas.

Un temps. Soudain :

MADAME

Dis donc, Coco.

MONSIEUR

Quoi, Coco ?

MADAME

Une île, comment ça se fait que ça ne se tire pas des pieds ? Ça devrait se tirer des pieds, pourtant, puisque ça n'est pas attaché.

MONSIEUR, *que commence à gagner l'agacement.*

Il y en a des fois qui se les tirent.

MADAME

Oui.

MONSIEUR

Oh ! je pense bien que ça ne se tirerait pas comme un bouchon dans une cuvette, en soufflant dessus avec la bouche.

MADAME

T'es bête, Coco !... *(Haussement d'épaules.)* Et alors, dis, s'il en faisait beaucoup, ce qui s'appelle beaucoup, enfin, quoi, énormément de vent... est-ce qu'elle se tirerait, l'Angleterre ?

MONSIEUR

L'Angleterre ? Non ! elle est à l'ancre.

MADAME

A l'ancre !

MONSIEUR

Oui.

MADAME

Qu'éque c'est que ça ?

MONSIEUR

Je vais t'expliquer en deux mots. On appelle ainsi une chose noire, quelquefois rouge, et souvent bleue, qu'on fait descendre au fond de l'eau avec des chaînes de la petite vertu. Ça sert à écrire des lettres et à accrocher les navires. Les enfants s'en mettent aux doigts et les élèves du *Borda* en portent une sur leur casquette.

MADAME, *enthousiasmé.*

Il sait tout, ce Coco, il sait tout !...

LES LOCUTIONS COMPLAISANTES

SCÈNE PREMIÈRE

La chambre à coucher conjugale. Un fil de jour sous le rideau clos.

MONSIEUR, *qui consulte sa montre.*

Oh ! sapristi, huit heures ! Et Toto-

Coup d'œil sur Madame qui dort à son côté, dans l'épaisseur des oreillers. Charmante, Madame : vingt-cinq ans, brune comme jais. Du nuage léger de la chemisette où serpente un ruban vieil or, jaillissent d'aimables blancheurs.

che qui m'attend à neuf ! Avec ça qu'elle est femme à me laisser à la porte pour un retard de dix minutes !... Hâtons nous.

Hum !

Il hésite, se penche, se redresse.

Brusquement :

Mon bon, sois raisonnable. Tu es sur

le point de prendre... la parole, ne gas-
pille pas ton souffle en vains interviews.
Ménage ta faible éloquence.

Il glisse une jambe hors du lit.

MADAME, *qui s'étire.*

Tu te lèves ?

LUI, *à part.*

Pincé.

Haut.

Tu vois.

ELLE, *languissamment.*

Oh ! pas encore, dis !

LUI, *très tendre.*

Ne me donne donc pas, mon amour,
plus de regrets que je n'en ai déjà ! Si tu
crois que je ne sois pas navré !... A-t-elle
un bras !

Il baise le bras.

A-t-elle une épaule !

Il baise l'épaule.

A-t-elle un petit signe !

Il baise le petit signe. A part :

Lève-toi, mon garçon. Il n'est que
temps.

ELLE

Reste encore un peu.

LUI, *hésitant.*

Un petit peu ?

ELLE

Oui.

LUI

Eh bien... — Vrai, tu ne peux pas te
douter à quel point tu as le réveil ravis-
sant ! Eh bien... — C'est ta bouche, surtout, qui est un rêve ! Eh bien...

A part.

Prenons garde ! Méfiance ! Attention à
l'extinction de voix !

ELLE

Eh bien !

LUI

Eh bien...

Résolument.

Non ! Je ne peux pas ; j'ai un rendez-vous.

ELLE, *câline.*

Reste donc, voyons : reste donc ! Il y
aurait des raisons... spéciales pour que
tu restes.

LUI, *fougueux.*

Ah ! grand Dieu ! s'il y en aurait !...

Il se penche. Silence. Long baiser.

La pendule sonne la demie.

La demie ! ! !

Il saute du lit.

ELLE

Coco ! Coco !

LUI, *qui enfile son pantalon.*

Non ! Ne me demande pas l'impossible.

A part.

Jamais je ne serai à neuf heures chez
Totoche. Ça va en être une, de scène !

ELLE

C'est bien. Tu t'en repentiras.

LUI, *avec une pointe d'impatience.*

Eh ! j'ai mes affaires, que diable ! Tu
es étonnante, Coco !

ELLE, *retombant dans l'oreiller.*

Laisse faire, je te dis. Tu verras.

Monsieur s'habille en hâte et file.

SCÈNE II

Onze heures du soir. — Le boulevard.
LUI, *arpentant le trottoir, une cigarette*
aux lèvres.

Arrivé ce matin chez Totoche avec un
retard de vingt minutes, il est advenu ce
que je prévoyais : elle m'a laissé sur le
carré. Après avoir carillonné et recaril-

lonneras-tu, feint des hurlements de désespoir et mugi des explications, — le
tout à travers la porte, — je me suis dé-
cidé à regagner mon *home*. Ma femme
était levée. — Fâcheux.

J'ai passé une journée insupportable :
dans l'état d'esprit du monsieur qui,
ayant conçu un bon mot. n'en a pas
trouvé le placement. Aussi, ne me suis-
je pas attardé à mon cercle. Il est onze
heures. Dans dix minutes, Coco sera au
dodo. Il n'en sera pas fâché...

SCÈNE III

Même décor qu'à la scène première, mais
vu de nuit. Madame, le coude dans l'o-
reiller, lit un roman de Paul Bourget.
L'abat-jour, sur son épaule nue, en-
voie le reflet rose d'un dessous d'aile
d'ara.

LUI, *entrant.*
Bonsoir, mon loulou.

ELLE, *sans lever les paupières.*
... soir.

LUI
Hein ! tu ne diras pas qu'il est tard ?

ELLE
... on.

LUI, *qui se débotte.*
Tu n'as vu personne ?

ELLE
... sonne.

LUI, *à part.*
Elle boude... Chère enfant ! Nous al-
lons y mettre bon ordre.
   Il gagne la ruelle du lit et se glisse
   sous les couvertures.
Ah ! qu'on est bien chez soi ! Qu'on est
bien auprès de sa petite femme aimée !
   Silence.

ELLE, *sursautant.*
Ah ! laisse-moi tranquille !

LUI, *interloqué.*
Mais...

ELLE
Fiche-moi la paix, je te dis.

LUI
Voyons, tu ne vas pas faire la mauvaise tête, peut-être ?

ELLE, *qui ferme rageusement son livre.*
  Non, pardon. Ce matin, tu avais tes
affaires ?

LUI
Oui.

ELLE
Eh bien moi, ce soir, j'ai mes occupa-
tions.
   Elle tourne le bouton de la lampe.
   Nuit complète.

LE PORNOGRAPHE

Sept heures du soir. On est à table.

MADAME POISVERT

A la fin, mon gendre, il faut que je vous dise ce que j'ai sur le cœur et déverse le trop-plein de mon indignation.

MONSIEUR

Déversez, belle-maman, déversez. — Voulez-vous me passer les sardines ? — Vous disiez ?

MADAME POISVERT

Je disais que votre conduite n'a pas de nom et que si je ne me retenais pas, je vous mettrais à la porte de cette table.

MONSIEUR

A la porte de cette table, bon Dieu ! Et pourquoi ?

MADAME POISVERT, *avec éclat.*

Parce que vous êtes un pornographe ! ! !

MONSIEUR

Moi ?

MADAME POISVERT

Ne jouez donc pas l'étonnement. Le journal auquel vous collaborez est une pure dégoûtation.

MONSIEUR

Permettez...

MADAME POISVERT

Une pure dégoûtation, vous dis-je ; on n'y écrit que des cochonneries !

MONSIEUR

Pardon ! C'est pour moi que vous dites ça ?

MADAME POISVERT

Sans doute, c'est pour vous.

MONSIEUR, *conciliant.*

Voyons, belle-maman, raisonnablement, comment pourrais-je, même si je le voulais, écrire des cochonneries ? Je fais la chronique des poids et mesures !

MADAME POISVERT

Et il ne manquerait plus, à cette heure, que vous écrivissiez des horreurs, vous aussi, à l'instar de tous les goujats qui sont vos confrères et amis !

MONSIEUR

Alors de quoi vous plaignez-vous ?

MADAME POISVERT

Je me plains, monsieur, que vous ne sachiez faire respecter ni la pure et chaste jeune femme qui est la compagne de votre vie, ni moi-même, à qui vous devez le jour...

MONSIEUR, *stupéfait.*

Je vous dois le jour ? ? ?

MADAME POISVERT

Laissez-moi achever... Le jour, béni entre tous, où vous avez pu tenir entre vos bras un trésor d'innocence et de poésie !

MONSIEUR

Ne vous mêlez donc pas des questions d'alcôve.

MADAME POISVERT

C'est une honte à vous, monsieur, de supporter que journellement on insulte votre femme, et il faut vraiment que ma fille soit de bonne composition pour ne vous avoir pas, vingt fois, mis à la porte de son lit. Tenez, ce matin, si je vous eusse tenu, je vous eusse craché à la figure, ma parole d'honneur.

MONSIEUR

A cause ?

MADAME POISVERT

A cause de cet ignoble article intitulé : *Une drôle de lorgnette ;* que c'était à en faire rougir des gendarmes, et que j'en suis restée suffoquée. Oui, suffoquée ! malade d'écœurement et de dégoût ! Que c'est donc joli, et que c'est propre, cette lorgnette qui s'allonge ! qui s'allonge ! qui s'allonge !... Ah ! il faut que vous soyez bien bas et bien vil, pour en être tombé à un tel excès de turpitude ! Pornographe, va ! Sale pornographe !

MONSIEUR, *exaspéré.*

Mais quand je vous dis, nom de Dieu, que je fais les poids et mesures !

MADAME POISVERT

C'est cela ; jurez maintenant.

MONSIEUR

Vous me mettez hors de moi, aussi, avec vos absurdes reproches. Si les autres écrivent des saletés, qu'est-ce que vous voulez que j'y fasse ?

MADAME POISVERT

Ce que vous devriez faire, monsieur ? Je vais vous le dire, puisque vous manquez de sens moral au point de ne le pas savoir. Vous devriez descendre chez votre directeur, et là, devant toute la rédaction assemblée, abattre sur la table de furieux coups de poing en criant : « Ah çà, est-ce qu'on n'a pas fini de manquer de respect à ma femme et à ma seconde mère ! Je défends, entendez-vous bien, je défends que l'on continue à mettre sous les yeux de ces dames des tableaux qui les scandalisent et qui blessent leur honnêteté ! Tenez-vous-le pour dit. Le premier qui se permettra d'écrire encore une histoire de lorgnette aura affaire à moi ! »

Voilà ce que vous devriez faire, mon-sieur, si vous aviez seulement pour deux sous de propreté.

MONSIEUR

Faut-il que vous soyez assez bête, belle-maman, de dire de pareilles âne-ries !

MADAME POISVERT

Goujat ! Malappris ! Butor !

MONSIEUR

Alors non ? Vous ne comprenez pas que si je faisais une chose pareille, je me ferais flanquer à la porte à grands coups de pied dans le derrière ?

MADAME POISVERT

Le beau malheur !

Tranquillement.

Vous entreriez à la *Revue des Deux-Mondes*.

MONSIEUR

Comment donc !...

MA FEMME EST EN VOYAGE

MONSIEUR, *chantonnant.*

Ma femme est en voyage,
Elle est à Montpellier ;
J'ai huit jours de veuvage,
Il faut en profiter.

Consultant la pendule :
Trois heures vingt. Il est surprenant qu'elle ne soit pas arrivée. Ah ! on dira ce qu'on voudra ; mais les instants qui précèdent la venue de la femme aimée sont bien les plus insupportables !...
On sonne.
Je la calomniais ; la voici.
Il jette précipitamment son cigare, rétablit d'un tour de main la belle harmonie de sa coiffure et se hâte d'aller ouvrir. Paraît un monsieur très bien mis.

LE MONSIEUR BIEN MIS

M. Guitare, s'il vous plaît ?

MONSIEUR, *vexé.*

Eh ! ce n'est pas ici ! Demandez au concierge.
Il referme la porte avec violence.
Idiot, va !
Haussement d'épaules.

En voilà une, qui ne rate jamais !... Avec tout ça, qu'est-ce que j'ai fait de mon cigare ?
Vaines recherches. Geste d'agace-ment. Il va à la caisse de cigares ouverte sur un coin de la chemi-née, en puise un, le brise, le flaire et le décapite du bout des dents.
L'erreur de cet imbécile me coûte un *londrès* de sept sous.
Il s'allume.
Puisqu'elle tarde, je vais vous conter de quelle façon j'ai fait la connaissance de cette femme charmante. C'était la se-maine dernière. J'avais eu cette singu-lière curiosité d'entrer à l'Ecole des Beaux-Arts, voir les concours de pein-ture du prix de Rome. On ne sait vrai-ment, quelquefois, où vous mènerait le désœuvrement. J'étais là depuis un quart d'heure, bâillant comme une huître au soleil devant je ne sais plus quelle lourde machine pataudière et indigeste, quand tout à coup, derrière moi, une voix très douce prononça :
— Je vous demande pardon, monsieur, de qui est ce tableau, je vous prie ?

Je tournai aussitôt la tête.

La personne qui m'avait parlé était une exquise jeune femme.

Non, je vous assure, sérieusement, que c'était une jeune femme exquise. Elle avait ce charme troublant qu'ont les blondes très blondes en deuil, et je la reconnus pour Parisienne de race, rien qu'à l'odeur de sa voilette. Vous dire qu'elle était jolie, mon Dieu, peut-être bien tout de même qu'elle ne l'était pas tout à fait, mais bien plus que cela, à coup sûr, avec ses yeux couleur beau temps, trop petits, et sa bouche assez comparable à une fleur qui eût souri.

Avez-vous vu sourire des fleurs ?

Non ?

Eh bien, c'est absolument cela.

Elle reprit :

— Le nom de l'artiste, s'il vous plaît ? Ces tableaux ne sont pas signés, c'est ennuyeux.

Je m'empressai de la renseigner et je m'attendais de sa part à un remerciement banal, mais elle fit simplement : « Ah ! » et elle demeura, la tête un peu levée, avec une toute petite ligne de lumière le long du nez et du menton.

Puis au bout d'un instant :

— Il est bien ce tableau.

Je ne voulus pas la contrarier.

— Meilleur, dis-je, que tous les autres.

Elle me regarda :

— Vous êtes artiste, monsieur ?

Cette persistance à lier connaissance avec moi commença à me faire réfléchir. Tout homme porte en soi un paon toujours prêt à faire la roue, et tout de suite l'idée d'une conquête m'arriva.

— Ça, pensais-je, c'est un coup de veine ; une bonne fortune qui se présente. Tâchons de nous montrer adroit et de saisir l'occasion aux cheveux.

Je répondis...

On sonne.

Je vous demande pardon, mais je vous raconterai la suite une autre fois.

Même jeu que précédemment. Le cigare jeté, petites coquetteries devant la glace, etc., etc. La porte

ouverte, un monsieur très mal mis paraît.

LE MONSIEUR MAL MIS

Monsieur, je suis courtier en photographies ; je viens vous proposer votre portrait. De grandes facilités de paiement...

MONSIEUR, *furieux.*

Vous m'embêtez.

LE MONSIEUR MAL MIS

Monsieur, écoutez-moi. Les plus hautes notabilités de Paris honorent de leur clientèle la maison que je représente : M. de Rothschild, M. Alfred Capus, M. Bernardin de Saint-Pierre...

MONSIEUR

Voulez-vous me ficher le camp, espèce de mendiant, fainéant !

Il repousse la porte.

Si ce n'est pas odieux de songer que dans une ville comme Paris on ne puisse être à l'abri de telles invasions !

Un temps. Machinalement il cherche son cigare.

Qu'est-ce que j'ai fait de mon cigare ?

Nouvelles recherches. Il se décide à en allumer un troisième.

Je ne me rappelle plus ce que je disais...

Ah ! oui.

Je répondis à la jeune femme que je n'étais point artiste, mais que je me ferais un plaisir de mettre mes faibles lumières au service de son inexpérience.

— Vraiment ? dit-elle alors gaiement, vous auriez cette complaisance ? Eh bien, tant pis pour vous, j'accepte ! Figurez-vous que j'adore la peinture et que je n'y connais rien du tout ; c'est ridicule.

D'elle-même, elle m'avait pris le bras, et nous allions d'une toile à l'autre, causant et riant en camarades. Elle n'y connaissait rien du tout, c'était vrai, et causait peinture à peu près comme un sommier élastique, mais elle était mauvaise comme une petite gale, ce dont elle se rendait un compte si exact qu'elle s'écria un moment :

— Je ne vaux pas bien cher, n'est-ce pas ?

Moi, je pensais :

— Elle est adorable, cette petite femme-là ! Quelle bonne idée j'ai eue de venir aux Beaux-Arts !

J'en étais en moins de dix minutes devenu amoureux comme une bête.

Quand nous sortîmes, elle eut un petit cri de surprise :

— Oh ! ce temps !

Il faisait une pluie ! Elle était sans riflard ; je sentis mon cœur bien né s'ouvrir à la compassion. Sans doute, elle me devina, car :

— Je vous comprends, dit-elle, ma triste position vous émeut. Si vous me promettez de ne pas en abuser, j'accepterai l'abri de votre parapluie !...

— Moi, madame ! répondis-je avec un remarquable à-propos, abuser de mon parapluie !...

C'était assez spirituel, comme vous pouvez voir. Oh ! je ne dis pas que ce fût à se rouler, naturellement !... mais enfin c'était gentillet, c'était drôlet, quoi ! une de ces saillies prime-sautières qui éveillent un demi-sourire et qui posent tout de suite un monsieur. J'ai assez d'à-propos, quand je veux...

On sonne.

Ah !

Il se précipite. S'arrêtant court.

Je vous disais, il y a un instant, à quel point elle était charmante :. vous allez en juger vous-même.

Il va ouvrir. Paraît un étrange monsieur vêtu d'une longue blouse bleue et qui porte une boîte en sautoir. Sur son shako de cuir bouilli sont représentés, se faisant face, un matou et un caniche blanc gravement assis sur leurs derrières.

L'ÉTRANGE MONSIEUR

C'est ici qu'il y a un chat à raccourcir ?

MONSIEUR

Parfaitement ; c'est ici. Allez vous faire f...

Il lui jette la porte au nez.

Brute ! Sauvage !... Et vous croyez que des gens pareils, ce n'est pas à les jeter par la fenêtre !...

Il souffle, va au buffet, se verse un

verre d'eau qu'il avale. Haussement silencieux d'épaules. Peu à peu il se calme.

Où en étais-je donc ? Je n'en finirai jamais avec mon histoire.

Bref, elle prit mon bras et nous continuâmes notre route de pair. Elle habite faubourg Saint-Martin. Une heure durant je sentis sur mon bras la tiédeur de sa petite main, et les gouttes de mon para-

2

pluie me tomber une à une dans le cou. Ah ! je ne m'en ennuyai pas, je vous prie de le croire. Parvenu à son domicile, je sollicitai l'honneur de l'accompagner jusqu'à son sanctuaire : mais elle s'y refusa systématiquement.

Je demandai :

— Pourquoi ?

Elle dit :

— Vous êtes bon ! je ne suis pas libre, mon cher.

— Allons donc !

— Sérieusement, fit-elle.

Puis :

— Je suis l'amie du jeune peintre dont je vous ai demandé le nom tout à l'heure. Un peu, comme cela, tous les jours, je viens flâner aux Beaux-Arts ; j'écoute parler quand on cause, et quand on ne cause pas, j'interroge. Cela m'intéresse, vous pensez !

Vous direz ce que vous voudrez : ces choses-là sont toujours fâcheuses, d'autant qu'elles sont imprévues. Mais comme j'insistais :

— N'usez pas votre salive, conclut-elle avec un sourire. J'irai vous voir moi-même, jeudi. Je serai chez vous à une heure.

— Vous me le promettez ?

— Je vous le promets.

Et là-dessus nous nous séparâmes. Or, jeudi, c'est aujourd'hui ; une heure...

Il regarde la pendule.

Il en est bientôt quatre... Diable ! je commence à désespérer.

Un temps.

Mais j'entends un de ces pas auxquels ne se trompe point une oreille vraiment amoureuse. On va sonner.

On sonne.

Là ! qu'est-ce que je vous disais ? Cette fois, mon cœur me le dit, c'est elle.

Il va ouvrir.

Paraît le charbonnier.

LE CHARBONNIER

Monchieur, j'apporte le boicheau.

MONSIEUR, *ahuri.*

Le bois chaud ! quel bois chaud ?

LE CHARBONNIER

Le boicheau de charbon que votre cuichinière m'a dit de monter. Voichi également une dougeaine de bûches que je viens de schier à votre intention.

MONSIEUR, *au comble de la rage.*

Ah ! vous venez de schier... Eh bien, retournez-y !

LES AMPUTÉS

Pantomime mêlée de quelques répliques.

L'intérieur d'un omnibus.

Au fond, à droite : 1° madame ; 2° près d'elle, un grand maigre jeune monsieur à la moustache couleur de paille. Chapeau de soie, veston ardoisé, pantalon écossais éteint, gardant sur le tibia l'arête vive du neuf. A gauche, toujours au fond : 1° un monsieur d'air très respectable. Cinquante à cinquante-cinq ans; grande barbe, grand nez, grand chapeau. Il porte le ruban d'officier d'Académie ; 2° à son côté une place vide. Seigneurs et dames sans importance occupant le reste de la voiture. On roule.

MADAME, *à part.*

Mon Dieu ! que c'est agaçant !

Depuis quelque temps, elle donne des signes visibles d'inquiétude et, par moments, elle jette des coups d'œil de biais sur l'homme à la pâle moustache, lequel est amputé. Mon Dieu, oui, il n'a plus qu'un bras, ce pauvre jeune homme, l'autre ayant complètement disparu dans le dos de sa brune voisine. Derrière l'épaule de celle-ci, on distingue l'épaule de celui-là, et, agitée de soubresauts nerveux, elle va, vient, plonge, remonte, disparaît, reparaît, puis disparaît encore. Les cahots de la lourde voiture dansant sur le pavé des rues doivent y être pour quelque chose.

Lui, d'ailleurs, demeure calme et froid, avec l'œil rond et hébété de l'homme qui ne pense à rien. Par contre, l'œil du vieux respectable se fixe sur lui avec persistance. Sous les épais sourcils froncés de cet homme décoré à demi, on devine l'effort contenu d'une robuste indignation.

MADAME, *qui a successivement et en vain pincé les lèvres, rué du coude, geint bruyamment, tapé du pied, évolué de gauche à droite, puis de droite et de gauche :*

Il est odieux qu'une honnête femme ne puisse se rendre à ses occupations sans se faire manquer de respect !

Effet.

Les seigneurs et dames sans importance sont vivement intéressés. On entend : « Ah ! Oh ! Très curieux ! Qui est-ce ? Qu'est-ce qu'il a fait ? »

En l'œil du vieux vénérable un feu sombre s'allume soudain.

Seul, le maigre monsieur à la moustache pâle paraît n'avoir pas entendu ; il conserve son air idiot et détaché des choses de ce monde. Tout de même, adroitement, il dégage son épaule et rentre en possession du bras qui lui manquait.

Soupir soulagé de madame.

L'œil du vieux monsieur se sérénise. L'émotion se calme. La lourde voiture danse toujours sur le pavé des faubourgs et des rues.

Peu à peu le visage de madame exprime un regain d'inquiétude ; de nouveau elle envoie de furtifs coups d'œil sur le bras du maigre monsieur, lequel bras tend à redisparaître, se redérobe lentement à la lumière du jour. Soudain, plus rien !... Ah ! miséricorde ! le pauvre homme a reperdu son bras ! ! !

Même jeu que ci-dessus. Piétinements légers, claquements de lèvres, etc.

MADAME, *qui a usé son dernier écheveau de patience.*

Mais enfin, monsieur, laissez-moi ! ou je vais me plaindre au conducteur !

Sensation prolongée. Embarras visible de l'amputé, qui cesse immédiatement de l'être.

L'OFFICIER D'ACADÉMIE, *d'une voix éclatante.*

Il y a des goujats partout ! ! !

Murmure d'approbation marquée chez les seigneurs et dames sans importance.

L'OFFICIER D'ACADÉMIE, *très homme du monde.*

Veuillez-vous mettre à côté de moi, madame ; il y a une place vide.

Il est tels drôles, en vérité, qui mériteraient d'être châtiés en public !

Il regarde fixement le « drôle » auquel s'adresse ce discours, — discours que le drôle en question semble, d'ailleurs, ne pas prendre pour lui. Chuchotements des seigneurs et dames sans importance ; on distingue : « ... *Très bien, ce vieux monsieur*... *Y a-t-il des gens mal élevés !*... *L'officier d'Académie s'est conduit en vrai galant homme !*... » etc., etc.

Cependant, madame, balbutiant un remerciement, s'est levée et s'est venue asseoir au côté de son protecteur.

Les commentaires s'apaisent peu à peu, puis s'éteignent. L'incident paraît vidé. Sur le pavé des faubourgs et des rues, la voiture danse de plus en plus.

Soudain, une angoisse se dessine sur le visage de madame. Elle lance, de côté, un coup d'œil sur l'officier d'Académie dont le regard a pris, depuis quelques instants, une expression idiotisée et vague. Oui, les seigneurs et dames sans importance avaient mille et mille fois raison, et il est très bien, ce vieux monsieur, il est extraordinairement bien !... Malheureusement, il n'a plus qu'un bras, à son tour ! L'amputation se gagne, il faut croire !...

MADAME, *à part, désespérée.*

J'aurais pu rester où j'étais ! Voilà que ça recommence avec ce vieux dégoûtant !

UNE ENVIE

SCÈNE PREMIÈRE

Neuf heures du soir.

MONSIEUR

Coco, le moment est arrivé d'une explication catégorique. Depuis huit jours tu me fais la tête ; je commence à en avoir assez.

Geste de dénégation de Madame.

Oh ! inutile de te défendre. En somme, tu es femme, tu es jeune, tu es... eh ! eh !

Il regarde d'un œil attendri le peignoir légèrement bombé par devant, de madame...

Chère petite !...

Il lui baise la main.

Tu as donc tous les droits du monde aux faciles dépits et aux petites mauvaises humeurs des enfants un peu trop gâtés. Je désire toutefois qu'aucun malentendu ne trouble notre bonne entente. Le jour n'est pas plus pur que le fond de mon cœur, j'ai la certitude de n'avoir rien fait ni dit qui justifie un mécontentement de ta part, et cependant, je te le répète, tu me fais la tête ! Pourquoi ?

MADAME

Je ne peux pas te le dire, mon chéri.

MONSIEUR

Pourquoi ?

MADAME

Parce que tu me gronderais.

MONSIEUR

Je te gronderais ? moi ? au moment où je suis, où je dois être plus que jamais...

Nouveau coup d'œil plein de gratitude sur le peignoir gonflé de madame...

... chère petite !...

Il lui rebaise la main...

... le fidèle serviteur de tes volontés, de tes souhaits, de tes moindres caprices ! au moment où me sont doublement chers ta santé, ta tranquillité et ton bien-être ! je te gronderais ? Vraiment, Coco, tu me fais de la peine à me dire de pareilles choses.

MADAME, *après un silence.*

Tu veux savoir la vérité ?

MONSIEUR

Certes, je le veux !

MADAME, *honteuse.*

Hé bien... j'ai une envie.

MONSIEUR

Petite bête ! Et tu ne le dis pas !... Ignores-tu donc, imprudente enfant, quelles peuvent être les conséquences d'une envie contrariée de femme grosse ? Ne sais-tu pas que certains êtres portent sur eux, en marques indélébiles, les caractéristiques du caprice maternel non satisfait, depuis l'odieuse tache de vin

jusqu'à la modeste framboise qui rougit
à la belle saison ? — Tiens, tu connais
ma tante Zulma ?

MADAME

Parfaitement. Eh bien ?

MONSIEUR

Eh bien, étant enceinte, elle eut une envie de morue. C'était idiot, c'était grotes-
que, c'était tout ce que tu voudras, mais
enfin elle eut cette envie. Hé bien, elle
accoucha d'une fille qui...

MADAME

Qui eut une tête de... ? Horreur !...

MONSIEUR

Non, elle n'en eut pas la tête... elle n'en
eut que les sentiments : à dix-huit ans,
elle tournait mal !

MADAME

C'est épouvantable !

MONSIEUR

C'est pourtant à quoi tu t'exposerais
en t'obstinant à garder le silence. Par
conséquent, crois-moi, vas-y de ta petite
confession, et, quelle que soit ta fantaisie,
je prends l'engagement d'y répondre.
Affectueusement, mais impérieusement,
je te somme de t'expliquer.

MADAME

Je vais le faire.
Sourire de Monsieur.
Tu sais que c'est bientôt le 14 juillet ?
Approbation muette de Monsieur.
Je voudrais donc... — Tu vas te fâcher.

MONSIEUR

Je te jure que non !

MADAME, *d'une voix à peine perceptible.*

Je voudrais donc qu'à cette occasion...
tu fusses... nommé... officier d'Académie.

MONSIEUR, *qui bondit.*

Off !... Ouf ! En voilà une envie ! Ah
çà, est-ce que tu perds la tête ?

MADAME

Je le savais bien que tu te fâcherais.

MONSIEUR

Je ne me fâche pas, mais, vraiment,
c'est insensé ! A-t-on idée d'un tel caprice ! Officier d'Académie ! Et à quel
titre, bon Dieu ?
A la réflexion.
Je sais bien que les titres...

Geste vague.
Seulement, j'ai beau fouiller et refouil-
ler mon passé, je n'y trouve guère qu'une
condamnation à quinze jours d'emprison-
nement pour avoir rossé un gardien de la
paix, et tout de même, comme titre, c'est
trop peu. Ah ! cré nom d'un chien de nom
d'un chien ! ces choses-là n'arrivent qu'à
moi ! Voyons, raisonne-toi. Les pal-
mes !... Mais ils sont douze mille qui les
demandent ! Tu n'as donc pas lu les journaux ?

MADAME

Si.

MONSIEUR, *au désespoir.*

Et tu veux !... Réfléchis, je t'en con-
jure ! Demande-moi tout, excepté ça !

MADAME, *doucement.*

Ce n'est pas de ma faute, que veux-tu ?
c'est justement de ça que j'ai envie.
Silence.

MONSIEUR

Hé bien, ça va être du propre !...

SCÈNE II

La chambre à coucher.

MADAME

Ah ! ah ! ah ! ah ! ah ! ah !

MONSIEUR

Douze heures que cela dure !... Douze
heures !

LA SAGE-FEMME

Un peu de courage, ma petite dame, dans une minute ce sera fini.

MADAME

Oh ! oh ! oh ! oh ! oh ! oh !

LA SAGE-FEMME

Encore un petit effort... Là ! c'est cela ! très bien ! — Eh ! allez donc !... nous le tenons, ce gaillard-là. Monsieur, louez Dieu, vous êtes père !

MONSIEUR, *anxieux.*

Qu'est-ce que c'est ?

LA SAGE-FEMME

Un fils ; j'ai un beau, je vous réponds !

MONSIEUR, *qui se dresse.*

Un fils, j'ai un fils ! ! !

LA SAGE-FEMME, *soudain.*

Ah ! bon sang !

MONSIEUR

Qu'y a-t-il ?

LA SAGE-FEMME, *navrée.*

Hé ben, en voilà une affaire !... Ah ! monsieur ! Ah ! monsieur ! il a des mains de canard !

MONSIEUR, *qui retombe atterré sur son siège.*

Paumé !...

L'AMOUR DE LA PAIX

Le théâtre représente un élégant boudoir de dame. Chaise longue Pompadour. Rideaux de mousseline sur fond cuisse-de-nymphe-émue. Sur la cheminée, de chaque côté d'une petite pendule pur Saxe, deux cornets où se meurent des roses.

Entrée mystérieuse de Monsieur.

MONSIEUR

Personne ? Allons-y.

Il va à la pendule, la prend et l'apporte avec lui jusqu'au trou du souffleur.

Moi, je vais vous dire : je suis le monsieur de la tranquillité chez soi ; l'homme de la paix à tout prix, comme on disait pendant le siège. Ma femme est pleine de qualités, ce qui ne l'empêche pas d'avoir son petit caractère. De là, les premiers temps de notre ménage, des discussions que je dus clore plus d'une fois à coups de pied dans le... trou laï trou laï trou la la. Mais l'âge est venu, et, avec lui, la saine horreur de la bataille. Les paladins devenus vieux se faisaient marchands de marrons, c'est connu. Je me fis donc marchands de marrons...

Il envoie dinguer la pendule contre un des montants de la cheminée où elle se brise en mille pièces.

... au figuré, naturellement. Je sais bien que vous allez me dire :

— Et la paix ?

La paix, je l'ai tout de même. Je la conquiers à la force de mon ingéniosité naturelle. Ma femme...

Il s'interrompt.

Une minute !

Il va se poster devant les rideaux, le dos tourné au public, dans la posture du manneken-piss de Bruxelles. Long silence. Vague murmure de source sous les feuilles... Revenant.

Je vous demande pardon.— Ma femme, donc, s'éveilla dernièrement avec l'idée d'avoir un chien. Une lubie, quoi ! une turlutaine ! Or, je ne peux pas sentir les cagouinces ; ça puc, ça donne des puces et ça pisse partout. Jadis j'eusse accueilli

cette fantaisie avec une bonne paire de claques, étant, comme j'ai l'honneur de vous le dire...

Il enlève sa redingote.

... l'ennemi des vaines discussions. Mais quoi !

Il enlève son gilet.

... l'esprit de contradiction est tellement inné chez la femme, que le plaisir de m'embêter...

Il déboutonne ses bretelles.

... eût fait accepter à la mienne des milliers et des millions de gifles, plutôt que d'en avoir le démenti.

Tout en parlant, il a mis culotte bas et il est venu s'accroupir sur la chaise longue Pompadour. Et

ainsi, dans cette position qui n'est même plus équivoque, il poursuit gravement son récit.

Alors, moi malin, qu'ai-je fait ? J'ai eu l'air d'accepter le chien. Seulement, le jour même de son entrée ici, j'achetai une boîte de puces vivantes que je semai sournoisement dans le lit conjugal et jusque dans la nourriture ! ! ! Le lendemain, je me procurai des boules puantes, lesquelles empestèrent l'appartement au point que ce ne fut plus tenable, et je goûtai l'âpre jouissance de voir ma femme, suffoquée, loucher de biais sur son carlin, en faisant de sourdes allusions à l'odeur de ce petit animal. Le troisième jour la bonne acheta un ris de veau. Je le chipai dans le buffet, et le chien reçut une trempe.

Il se redresse, se reculotte, remet son gilet, puis son habit.

Ensuite, je cassai la vaisselle. Ce fut le chien qui paya la casse. A cette heure, comme vous avez vu, j'ai mis le comble à ses perfections.

Coup d'œil satisfait promené autour de soi.

Ah ! c'est propre, ici ! c'est gentil ! Ma femme va avoir bien de la satisfaction en revenant du Bon Marché. Du reste, je l'entends. Attendez un peu ! nous allons rire.

Entrée de Madame. Stupeur, puis hurlements.

MADAME

Horreur ! ma pendule !... mes rideaux ! ma chaise longue !... Oh ! mais j'en ai assez, moi, de ce sale chien-là !

MONSIEUR, *indulgent.*

C'est jeune, que veux-tu !... Ça ne sait pas !

MADAME

Non ! non ! Il est trop dégoûtant ! Je vais le donner à une amie !

COCHON DE COCO

SCÈNE PREMIÈRE

La chambre à coucher conjugale. Madame se dispose à se mettre au lit.

MADAME

Minuit et demi ! Et Coco, qui devait être ici à onze heures ! Du reste, je m'y attendais ; comme je lui ai dit très bien : « Tu me fais rire avec tes onze heures ; si tu es rentré à minuit, ce sera encore bien joli ! C'est même assez extraordinaire que tu ne puisses aller à ce banquet des Pieds-Gelés sans en revenir à des heures extravagantes... Ce que j'avais raison ! il est minuit trente-cinq... Sale bête ! Tu vas me payer ça en rentrant.

Elle se plonge sous les couvertures.

SCÈNE II

Un palier. Le gaz éteint. Ténèbres profondes.

MONSIEUR, *qui a monté un étage de trop et qui, depuis trois quarts d'heure, s'entête à sonner à la porte d'un logement inhabité :*

On ne peut pas se faire une idée comme mon logement est incommode. C'est vrai qu'on y a une belle vue et que l'escalier est très clair... — le jour -- mais c'est si bêtement distribué que c'est à peine, quand on sonne, si on entend de la chambre à coucher. Ainsi, voilà une éternité que je suis là à carillonner et recarillonneras-tu : pas moyen de me faire entendre ! Faut croire que ma femme se sera endormie.

Il sonne. Long silence.

Rien de fait. Bon Dieu, quelle saleté de logement !...

Bruit d'une trombe qui tambourine sur des vitres qu'on ne voit pas.

Pleut-y ! Pleut-y !...

Il sonne. Silence.

Rien encore !

Furieux :

Et dire que tout ça n'arriverait pas si mon imbécile de femme consentait à me donner la clé quand je dois rentrer tard, le soir. Mais non, Madame ne veut pas ; Madame aime mieux faire la bête. « Tu n'as pas besoin de la clé ; je t'ouvrirai ! » qu'elle me dit. « Je t'ouvrirai ! ! ! »

Exaspéré :

Eh ! ouvre-moi donc, chameau !

Il sonne à tour de bras. La sonnette, trop violemment secouée, se détache, tombe et roule au loin, dans les échos de l'appartement vide. Consternation de Monsieur.

Zut ! J'ai cassé la sonnette !

SCÈNE III

La chambre conjugale.

MADAME, *le coude dans l'oreiller.*

Une chose me met hors de moi : c'est le sans-gêne de cet être-là ! Il n'a pas la clé ; il le sait ; et il sait également que quand il rentrera, il faudra que je me lève pour aller lui ouvrir. Ça devrait le faire se presser. Il devrait se dire : « Ma femme m'attend pour s'endormir ; conduisons-nous en galant homme et ne la laissons pas se morfondre. » Mais ouitche ! c'est comme des pommes ! Monsieur aime mieux faire la fête avec un tas de galvaudeux, autour d'une nappe rougie, chargée de mets et d'alcools !... Mauvaise race !... Et ça se plaint, encore, quand on se venge !

SCÈNE V

MADAME, *à l'étage au-dessous, ne lisant plus que d'un œil distrait :*
Cochon de Coco !

Haussement d'épaules. Très long silence. Une heure sonne.
Qu'est-ce qu'il peut faire ?... Qu'est-ce qu'il peut faire ? Il est une heure du matin ! Jamais il n'est rentré si tard... Ce que tu vas me payer ça !...

SCÈNE IV

MONSIEUR, *à l'étage au-dessus ; la bouche au trou de la serrure :*
Coco !.., Coco !.., Eh ! Coco !

SCÈNE VI

MONSIEUR, *qui vient de lancer dans la porte une demi-douzaine de coups de pieds demeurés sans effet :*
Voilà ce qui sera arrivé. Comme je banquetais aux Pieds-Gelés, ma femme, embêtée de rester seule, sera allée dîner chez sa mère, et elle attend, pour en revenir, que la pluie ait cessé de tomber, car elle n'aime point prendre de voiture. Elle ne peut tarder maintenant. Je vais patienter en fumant une cigarette.

*Il roule une cigarette, sans voir,
puis tire de sa poche sa boîte de
tisons qui, naturellement, est vide.*
Très bien ! Pas une allumette !... Que
la vie est bête, bon Dieu !...
*Il s'assied sur une marche et, les on-
gles aux dents, attend le retour de
sa femme. L'averse a cessé. Silence de tombe, où rôdent les bour-
donnements de la nuit. Un quart
d'heure s'écoule ; un siècle !...*
Je donnerais bien vingt sous pour être
dans mon lit.

*dans la nuit de l'escalier, c'est la
gaîté d'une foule de petites pendu-
les, qui sonnent deux heures, elles
aussi. Un coucou les chante on ne
sait où, mélancolique, dans les
hauteurs des mansardes.*
Je comprends qu'on soit économe,
mais vraiment ma femme est trop pin-
gre... elle aurait pu prendre une voiture.
Le quart. Monsieur s'impatiente :
Oh !
La demie. Monsieur s'étonne :
Ah !

*Nouveau silence. Nouveau quart
d'heure. Nouveau siècle...*
Avec ça, j'ai une envie de pisser !...
*Encore le silence. Brusquement,
l'horloge d'une église lointaine
sonne deux heures. Et aussitôt,*

*Les trois quarts. Monsieur s'in-
quiète :*
Ce n'est pas possible ; il est arrivé un
malheur !... Eh ! oui, parbleu ! ça ne fait
plus l'ombre d'un doute !... Elle aura fait
une mauvaise rencontre... quelque sou-

tencur qui l'aura assommée, fichue ensuite à la rivière. Bon Dieu de bon Dieu, je parie qu'elle est dans le canal !...
Trois heures.

SCÈNE VII

MADAME
Trois heures ! ! ! Ah bien, non ; ça, c'est trop !...

Elle se soulève sur son lit, et, la main étendue dans le vide :
Tu seras cocu, mon ami !

SCÈNE VIII

MONSIEUR, *éploré dans la nuit :*
Quand il fera jour, j'irai à la Morgue.

UN COUP DE FUSIL

Petite salle à manger bourgeoise. Au-dessus du couvert dressé et du potage déjà servi dans les assiettes, la lampe brûle dans sa suspension. Madame, très agacée, va, vient, se lève, se rassied, se relève, va de la porte à la fenêtre et de la fenêtre à la pendule.
Soudain, la porte s'ouvre. Paraît Monsieur.
Sept heures vingt ! — Tu n'es pas honteux de rentrer dîner à de telles heures ? Tu t'es encore attardé à ta saleté de brasserie, à jouer ta saleté de manille, avec tes saletés d'amis, tas de bohémiens répugnants, qui se gobergent à ton compte et se fichent de toi, le dos tourné.

MONSIEUR, *pâle et défait.*
Tais-toi ! ah ! tais-toi, je t'en prie... ; ne dis pas cela !
Il se laisse tomber sur un siège.
MADAME, *étonnée et vaguement inquiète.*
Ah çà ! mais...
S'approchant de lui.
Tu n'es pas malade ?
MONSIEUR, *d'une voix faible.*
Donne-moi un verre d'eau.
Madame, effrayée, apporte la carafe.

MONSIEUR, *après avoir bu.*
Merci.
Serrant la main de sa femme avec une effusion émue.
Ma pauvre chère !... ma pauvre chère !... Ah ! j'ai bien cru que je ne te reverrais jamais, va !
MADAME, *aux cent coups,*
Tu me fais mourir d'inquiétude ! Il t'est arrivé quelque chose ? Tu as couru quelque danger ?
MONSIEUR, *d'une voix à peine perceptible.*
J'ai reçu un coup de fusil.
MADAME
Un coup de... ! Ah ! Seigneur ! dis-moi tout ! je veux savoir la vérité. Oh ! je suis forte devant le malheur.
Le tâtant sur toutes les coutures.
Tu es blessé ?

MONSIEUR
Non... Je ne crois pas. Seulement, tu sais ce que c'est... la surprise... les... nerfs..., j'en suis encore malade d'émotion. — Redonne-moi un verre d'eau, veux-tu ?

Madame s'empresse.
Il boit.
Sur le cristal ses dents font un bruit
de castagnettes.

MADAME

Et où cela t'est-il arrivé, mon chéri ?

MADAME

Et qui est l'infâme ?...

MONSIEUR

Le chasseur, parbleu !

Il se dresse, pris d'une rage subite.

Le chasseur ! l'éternel chasseur ! ! l'in-

MONSIEUR, *qui s'interrompt de boire.*

Dans le tramway.

Il achève son verre.

MADAME, *stupéfaite.*

Comment, dans le tramway ! Tu as reçu un coup de fusil dans le tramway ?

MONSIEUR

Oui.

MADAME

Mais c'est insensé ! Mais c'est à peine croyable !

MONSIEUR

Croyable ou non, il en est ainsi cependant.

dispensable chasseur, plaie de ce siècle pourri ! ! ! Qui nous dépoisonnera du chasseur, grand Dieu !

Il lève les mains au ciel.

Et puis d'abord, je te le demande, de quel droit ces gens-là errent-ils par les rues avec des armes à longue portée, alors qu'on m'arrêterait, moi, si je me hasardais à mettre le pied dehors avec un méchant revolver de six francs dans la poche de ma redingote ? C'est une honte, je te le dis, c'est une véritable honte ! Tiens, donne-moi un troisième verre d'eau ; car le sang me monte à la tête. Je finirais par attraper une congestion.

MADAME, *après qu'il a bu.*

Voyons, calme-toi, je t'en supplie, et conte-moi la chose en détail.

MONSIEUR

Eh bien ! voilà. M'étant attardé, en effet, à perdre un certain nombre de consommations et avide d'éviter tes éternels reproches, j'avais pris place sur la plate-forme du tramway Bastille-Porte Rapp. A la hauteur de Saint-Germain-des-Prés, des « psst ! psst ! » désespérés attirèrent mon attention, mais non point celle du

conducteur, lequel discutait courses, tuyaux et performances avec un garçon pâtissier que surplombait un croque-en-bouche. Je me retournai aussitôt et vis un gros bougre essoufflé qui, les mains tendues en avant, galopait derrière la voiture avec l'espoir de l'attraper. Il avait des guêtres de cuir et une veste à boutons de métal ; la crosse du fusil à deux coups qu'il portait en bandoulière battait la mesure sur ses fesses culottées d'un velours à raies. Et je songeais : « Y a-t-il des gens qui sont bêtes ! Voilà pourtant un gros fourneau qui pense rattraper des chevaux à la course ! Ah ! l'imbécillité humaine est un bien curieux spectacle !...

MADAME

Tu aurais peut-être mieux fait de prévenir le conducteur ; ça aurait été plus charitable.

MONSIEUR

Tiens, est-ce que ça me regardait, moi ! — A ce moment, d'ailleurs, et j'en demeurai ébahi, l'homme parvint d'un suprême effort à sauter sur le marche-pied. La force acquise le projetant en avant, il pénétra ainsi qu'une flèche à l'intérieur du tramway, tandis que moi-même, précipitamment, je me rejetai en arrière, non sans avoir eu le nez heurté du bout bringueballé de son arme !

MADAME, *anxieuse.*

Et après ?

MONSIEUR

Quoi et après ?

MADAME, *ahurie.*

C'est tout ?

MONSIEUR, *vexé.*

Alors non ! tu ne comprends pas qu'elle eût pu être chargée, cette arme ? que chargée, elle eût pu partir ? que, partant, elle eût pu me ravager la face, me

priver de l'usage si précieux de mes yeux ?...

Ironique.

Ah ! que voilà donc bien les femmes ! Sans doute il eût fallu, sale bête, pour que tu daignasses t'émouvoir, que l'on me rapportât infirme, estropié à tout jamais, sur un brancard municipal !

MADAME, *hors de soi.*

Non, jamais, depuis que le monde est monde, on n'eut exemple d'une stupidité plus grande, d'une plus écœurante poltronnerie ! Ainsi, voilà un idiot qui rentre chez lui dans l'état que vous savez, avale deux litres d'eau, me tourne les sangs, m'affole, et tout ça parce qu'un chasseur lui a, du canon de son fusil, effleuré le nez au passage !

MONSIEUR

Du canon... Au fait, mais c'est vrai !

Il se trouble, pâlit, roule des yeux hagards.

Ce n'est pas un coup de fusil que j'ai reçu...

Avec éclat.

C'est un coup de canon ! ! ! Ah ! mon Dieu ! mon Dieu ! Eh bien ! je l'ai échappé belle ! J'ai reçu un coup de canon dans le tramway de la Porte Rapp ! ! ! Ah ! Ah ! Ah ! de l'eau !... Je m'évanouis ! De l'eau, donc ! De l'eau !

Au songer du péril couru, Monsieur tombe en défaillance.

LE PETIT MALADE

LE MÉDECIN, *le chapeau à la main.*

C'est ici, madame, qu'il y a un petit malade ?

MADAME

C'est ici, docteur ; entrez donc. Docteur, c'est pour mon petit garçon. Figurez-vous, ce pauvre mignon, je ne sais pas comment ça se fait, depuis ce matin tout le temps il tombe.

LE MÉDECIN

Il tombe !

MADAME

Tout le temps ; oui, docteur.

LE MÉDECIN

Par terre ?

MADAME

Par terre.

LE MÉDECIN

C'est étrange, cela... Quel âge a-t-il ?

MADAME

Quatre ans et demi.

LE MÉDECIN

Quand le diable y serait, on tient sur ses jambes, à cet âge-là !... — Et comment ça lui a-t-il pris ?

MADAME

Je n'y comprends rien, je vous dis. Il était très bien hier soir et il trottait comme un lapin à travers l'appartement. Ce matin, je vais pour le lever, comme j'ai l'habitude de faire. Je lui enfile ses bas, je lui passe sa culotte, et je le mets sur ses jambes. Pouf ! il tombe !

LE MÉDECIN

Un faux pas, peut-être.

MADAME

Attendez !... Je me précipite ; je le relève... Pouf ! il tombe une seconde fois. Etonnée, je le relève encore... Pouf ! par terre ! et comme ça sept ou huit fois de suite. Bref, docteur, je vous le répète, je ne sais pas comment ça se fait, depuis ce matin, tout le temps il tombe.

LE MÉDECIN

Voilà qui tient du merveilleux... Je puis voir le petit malade ?

LE MÉDECIN

Il est superbe, cet enfant-là !... Mettez-le à terre, je vous prie.

MADAME

Sans doute.

Elle sort, puis reparaît tenant dans ses bras le gamin.

Celui-ci arbore sur ses joues les couleurs d'une extravagante bonne santé. Il est vêtu d'un pantalon et d'une blouse lâche, empesée de confitures séchées.

La mère obéit. L'enfant tombe.

LE MÉDECIN

Encore une fois, s'il vous plaît.

Même jeu que ci-dessus. L'enfant tombe.

MADAME

Encore.

*Troisième mise sur pieds, immédia-
tement suivie de chute, du petit
malade qui tombe tout le temps.*

LE MÉDECIN, *rêveur.*

C'est inouï.

*Au petit malade, que soutient sa mère
sous les bras.*

Dis-moi, mon petit ami, tu as du bobo
quelque part ?

TOTO

Non, monsieur.

LE MÉDECIN

Tu n'as pas mal à la tête ?

TOTO

Non, monsieur.

LE MÉDECIN

Cette nuit, tu as bien dormi ?

TOTO

Oui, monsieur.

LE MÉDECIN

Et tu as appétit, ce matin ? mangerais-
tu volontiers une petite sousoupe ?

TOTO

Oui, monsieur.

LE MÉDECIN

Parfaitement.

Compétent.

C'est de la paralysie.

MADAME

De la para !... Ah Dieu !

*Elle lève les bras au ciel. L'enfant
tombe.*

LE MÉDECIN

Hélas ! oui, madame. Paralysie complète des membres inférieurs. D'ailleurs,
vous allez voir vous-même que les chairs
du petit malade sont frappées d'insensi-
bilité absolue.

*Tout en parlant, il s'est approché du
gamin et il s'apprête à faire l'expérience indiquée, mais tout à
coup :*

Ah çà, mais... ah çà, mais... ah çà,
mais...

Puis éclatant :

Eh ! sacrédié, madame, qu'est-ce que vous venez me chanter, avec votre paralysie ?

MADAME

Mais, docteur...

LE MÉDECIN

Je le crois, tonnerre de Dieu, bien, qu'il ne puisse tenir sur ses pieds... vous lui avez mis les deux jambes dans la même jambe du pantalon !

INVITE MONSIEUR A DINER !

MONSIEUR, *son chapeau sur la tête.*

Hé bien, je file. Si on vient pour le gaz, tu diras que j'irai payer... Ah ! il est également à craindre que l'on vienne de chez Dufayel ; tu diras qu'on repasse demain..., ou samedi... dans quelques jours, quoi ! Cré saleté de purée ! quand est-ce donc que ça finira ?... J'ai écrit à Ferdinand pour lui emprunter dix louis, mais je doute que ça réussisse. Enfin !... Au revoir.

A l'enfant, qui s'amuse dans un coin avec un bouchon.

Tu seras bien sage, hein, Toto, pendant que je serai sorti ?

TOTO

Oui, j's'rai sage.

MONSIEUR

T'auras du bonbon.

TOTO

Pour combien ?

MONSIEUR

Pour 100,000 francs. Cré saleté de purée.

Il sort. Madame et Toto restent seuls. Soudain : coup de sonnette. Apparition de l'homme qui vient pour le gaz.

L'HOMME QUI VIENT POUR LE GAZ

Madame, je viens pour le gaz.

MADAME, *faussement désolée.*

Mon Dieu ! que c'est contrariant ! Juste mon mari sort d'ici et il a emporté les clefs. On passera payer.

L'HOMME QUI VIENT POUR LE GAZ

On passera payer ! V'là huit fois qu'vous me la faites, celle-là, je commence à la connaître.

MADAME

Mais...

L'HOMME QUI VIENT POUR LE GAZ

Il n'y a pas de mais ! Je vous dis que vous devez 60 mètres et que la compagnie en a plein le dos. Qu'est-ce qui m'a fichu des bohèmes comme ça, qui ne veulent pas payer ce qu'ils doivent et qui disent tout le temps : « On passera. » Quand on n'a pas le moyen d'avoir le gaz chez soi, on fait comme moi : on brûle de la chandelle. En voilà encore des crasseux !

MADAME, *suffoquée.*

Vous êtes un...

A l'enfant qui ne cesse de répéter : « Maman ! » en la tirant par sa jupe.

Quoi ?

TOTO

Invite monsieur à dîner.

MADAME

Tu m'ennuies !... Quant à vous, vous êtes un malotru !

L'HOMME QUI VIENT POUR LE GAZ

Ah ! c'est comme ça ? Des gros mots et pas de galette ? Eh bien, je vous ferai couper la conduite !

MADAME, *ironique.*

Vous me ferez couper la conduite, vous ?

L'HOMME QUI VIENT POUR LE GAZ

Oui, moi ! je vous la ferai couper, la conduite.

MADAME

Ah ! là là !

Discussion violente. On entend : Mal-
appris. — Vous êtes une idiote.
— ... le dirai à mon mari. — Votre
mari, je l'ai quelque part, etc., etc.,
le tout dominé par la voix aiguë
de l'affreux môme qui braille à
tue-tête : « Invite donc monsieur
à dîner ! Invite donc monsieur à
dîner ! »
A la fin, mot énorme, suivi de la dis-
parition de l'homme venu pour le
gaz.

MADAME

A nous deux, maintenant. Ah çà, est-ce que tu perds la tête, d'inviter ce voyou à dîner ? Et puis d'abord de quoi te mêles-tu ? Est-ce que je t'ai chargé de faire les invitations ?

TOTO

Non.

MADAME

Eh bien, alors ?

TOTO

J'aime bien quand on invite du monde. Quand y a qu'toi et papa à dîner, je m'embête.

MADAME

Tais-toi ! Va jouer avec ton bouchon, ça vaudra mieux.

Courte scène muette, puis nouveau
coup de sonnette. Apparition de
l'homme qui vient pour Dufayel.

L'HOMME QUI VIENT POUR DUFAYEL

Madame, je viens pour Dufayel.

MADAME

Mon mari est sorti, monsieur. Revenez dans quelques jours.

L'HOMME QUI VIENT POUR DUFAYEL

Encore !

MADAME

Mais...

L'HOMME QUI VIENT POUR DUFAYEL

Vous vous foutez de moi, à la fin ! Quatorze fois que vous me faites revenir,

pour un misérable versement de 40 sous ! Croyez-vous que j'achète des chaussures pour en user les semelles à grimper vos sales escaliers ?

MADAME

Mes sales escaliers !

L'HOMME QUI VIENT POUR DUFAYEL

Oui, vos sales escaliers.

MADAME

Brute !

L'HOMME QUI VIENT POUR DUFAYEL

Rosse !

MADAME

Insolent !

L'HOMME QUI VIENT POUR DUFAYEL

Chameau !

TOTO

Invite donc monsieur à dîner.

L'HOMME QUI VIENT POUR DUFAYEL

On n'a pas idée d'un sale monde pareil !

MADAME

C'est vous qui êtes un sale monde.

L'HOMME QUI VIENT POUR DUFAYEL

Ah ! c'est moi qui suis un sale monde ?
Hé bien ! je vais vous faire flanquer les
huissiers au derrière.

TOTO

Maman ! Invite-le donc à dîner le monsieur.

*La dispute dégénère en semi-pugi-
lat. Echange d'injures formidables ; vague poussée de part et
d'autre. Toto insiste et hurle pour
qu'on garde à dîner l'homme de
chez Dufayel, qui enfin disparaît.*

MADAME, *hors d'elle.*

Toi ! la prochaine fois que tu te per-
mettras d'inviter les gens à dîner, je te
flanquerai une fessée que le derrière t'en
saignera ! ! !

*Seconde scène muette, puis : troi-
sième coup de sonnette. Apparition de Ferdinand.*

MADAME

Ferdinand !

FERDINAND

Eh oui, c'est moi. J'ai reçu la lettre
d'Emile et je me hâte d'apporter la petite
somme.

MADAME, *éblouie.*

Ferdinand !... Ah ! Ferdinand ! vous
êtes un véritable ami... Vous allez dîner
avec nous.

TOTO, *terrifié.*

Ne dîne pas, monsieur ! ne dîne pas !
Maman a dit que si tu restais à dîner, elle
me ficherait une fessée jusqu'à ce que le
derrière m'en saigne !

PREMIER EN ANGLAIS

TOTO

— Moi, comme j'ai été le premier en
anglais, maman a dit comme ça : « Comme cet enfant, qu'elle a dit, a été le premier en anglais, pendant les vacances de
Pâques, on le mènera voir la comédie
puisqu'il a été le premier en anglais. »

— Ah !

— Oui. Alors papa est allé louer des
places. Ça fait qu'il a rentré mardi en
disant : « Je viens de louer des places.

— Et pour où que tu as loué des places ? » qu'a dit maman. Papa a dit qu'il
avait loué des places pour aller au
Théâtre-Français voir jouer *Le Supplice
d'une femme*. Alors, maman s'a fichu en

colère ; elle a dit que papa était un imbécile et qu'il ne faisait que des bêtises.
— Ah !

— Oui. Elle criait : « Est-ce que tu
perds la tête, de mener cet enfant à une
pièce pareille ? Tu veux donc lui donner
des mauvaises idées ? » Et papa baissait
le nez parce qu'il ne savait
pas quoi répondre. A la fin,
maman a dit que papa ne savait pas ce qu'il faisait, mais
qu'elle aimait encore mieux
que j'aie de mauvaises idées
que de laisser perdre des places qui avaient coûté vingt-
cinq francs. Alors on a été
tout de même voir jouer *Le
Supplice d'une femme.*

— Ah ?

— Oui. En voilà une pièce
qui est bête ! mon vieux, on
n'y comprend rien ! C'est rien
que des gens qui parlent à
tort et à travers et qui disent
tout ce qui leur passe par la tête.
T'as jamais rien vu de plus bête...
Et tout le temps, maman me disait :
« N'écoute pas ce qu'ils disent, Toto ;
c'est des mensonges ! » Et elle disait
à papa : « Il faut être aussi fou que
tu l'es pour avoir amené cet enfant à une
pièce aussi immorale. » A la fin, on a rentré et maman a dit comme ça : « Je ne
veux pas que cet enfant reste sous le coup
de mauvaises idées ; demain soir, on ira
voir jouer *La Chatte Blanche.* »

— Ah !

— Oui. Ça fait que le lendemain on a
été au Châtelet. Mon vieux, c'est ça qui
est rupin ! Pour sûr, alors, c'est rupin!...
Si tu savais !... Mon vieux, il y a des dames toutes nues !... c'est joli !... On voit
tous leurs estomacs !... A un moment, y
en a qui dansent ; des fois elles relèvent

leurs jupes et elles font voir leurs derrières... Tu ne peux pas te faire une idée
comme c'est chic !... Cré nom j'ai rudement rigolé ! Maman aussi. Tout le temps
elle disait : « Tu t'amuses, Toto ? » et elle
disait à papa : « Hein ? Voilà un vrai
spectacle à faire voir à des enfants. Au
moins, ça ne leur donne pas de mauvaises
idées ! » Je serais toi, je dirais à ta mère
de te mener voir *La Chatte Blanche.* C'est
pas comme *Le Supplice d'une femme* où
on ne sait pas ce que ça veut dire. On
comprend, mon vieux !... On comprend...

LE NEZ DU GÉNÉRAL SUIF

SCÈNE PREMIÈRE

MADAME

Ecoute, Toto. Tu sais que ce soir nous donnons un grand dîner. Nous aurons pas mal de personnes et notamment le général Suif, qui a eu le nez enlevé d'un coup de sabre, au Tonkin. Or, comme tu ne manquerais pas de t'écrier : « Oh ! c'nez ! » en apercevant le général, Toto, je te préviens d'une chose : si tu dis un mot, un seul mot, relativement au nez du général Suif, c'est à moi que tu auras affaire. Sous aucun prétexte, Toto, tu ne parleras du nez du général Suif, ou tu auras une telle fessée... que le derrière t'en saignera.

TOTO

Bah ! tu dis toujours la même chose, et, à la fin du compte, ça ne saigne jamais

MADAME

Ça ne saigne jamais ?... Eh bien, parles-en un petit peu, du nez du général Suif ; tu verras si ça saignera.

TOTO

C'est bon, c'est bon : j'en parlerai pas.

MADAME

C'est que je te connais, beau masque... Tu es malfaisant par excellence et pour le plaisir de l'être... à ce point qu'on n'a jamais vu un enfant plus insupportable ! Tiens, l'autre jour, quand les Kusseck sont venus dîner, est-ce que tu n'as pas inventé de te faufiler dans la salle à manger un peu avant qu'on se mette à table, et, comme il y avait des cerises pour le dessert, d'en retirer tous les noyaux avec tes doigts !

TOTO

Tu ne me l'avais pas défendu.

MADAME

Défendu ! Pouvais-je supposer que tu serais assez dégoûtant pour aller enlever tous les noyaux des cerises ? Et il y a quinze jours, Toto, quand le collègue de ton père est venu déjeuner chez nous, te rappelles-tu ce que tu as fait ?

TOTO

La fois que j'ai vidé le pain et que j'en ai retiré toute la mie ?

LA MÈRE

Oui, et que tu as pelé les pêches. — Je m'en souviendrai de celle-là !... Des pêches superbes !... que j'avais bien payées trois sous pièce, s'il vous plaît, et artistement disposées, au beau milieu de la table, dans un compotier de cristal !... C'est très bien, nous entrons dans la salle à manger, et au lieu de mes pêches, qu'est-ce que je vois ?... des espèces de globes jaunâtres, qui transpiraient comme des pieds !...

Amère.

Monsieur avait profité de ce que je ne le voyais pas, pour s'en venir peler les pêches !

TOTO

Je croyais bien faire. Je pensais que le monsieur allait dire : « A la bonne heure ! Il est gentil, ce petit garçon ! Il a pelé les pêches lui-même, afin d'épargner de la peine aux invités. »

LA MÈRE

Tu es un petit cochon, voilà tout ce que tu es. Et puis, parles-en un petit peu, Toto, parles-en un petit peu, pour voir, du nez du général Suif ! ! !

TOTO

Quand je te dis que j'en parlerai pas.

SCÈNE II

On est à table.
Fin de repas.
Nombreux convives. Le général Suif oc-

il n'a, cet enfant, soufflé mot : il s'est borné à fixer, de ses yeux intrigués et inquiets, le nez du général Suif.
On appelle le café, que l'on verse.

cupe la place d'honneur, près de la maîtresse de maison. Ventre opulent, moustache puissante, rosette d'officier de la Légion d'honneur, mais absence complète de toute espèce de nez. Toto a été très convenable ; de tout le repas,

Soudain, au milieu du recueillement qui accompagne cette opération :

TOTO, *d'une voix éclatante.*

Mais, maman, j'peux pas en parler, du nez du général Suif !... puisqu'il n'en a pas.

MONSIEUR FÉLIX

SCÈNE PREMIÈRE

La chambre étroite et close dont parle le poète.
La pendule marque neuf heures.
À droite de la cheminée, où un feu de charbon de terre siffle comme un nez pris, — selon l'expression de Jules Renard. — Monsieur, les semelles montrées à la flamme, se cure les dents avec

une épingle à chapeau en lisant dans le Temps la Séance du Parlement.
En face de lui, sa femme brode à la clarté de la lampe. Par terre, entre eux, le jeune Toto joue à faire voir son derrière.
Silence prolongé. C'est l'intimité douce et calme des ménages étroitement unis.
Soudain, coup de sonnette.

MONSIEUR, *absorbé par sa lecture.*

Bon ! Qui est-ce qui vient nous raser ?

MADAME, *à part.*

Neuf heures ; ce ne peut être que Félix.

TOTO, *au comble de la joie.*

On a sonné ! On a sonné ! On a sonné !

MONSIEUR

Hé ! ne danse donc pas comme ça ; tu nous donnes le mal de mer.

A la bonne qui apparaît.

Qui est-ce ?

nous em... depuis le commencement de la semaine, et tu trouves que le fait est ?

MADAME

Puisque je suis de ton avis.

MONSIEUR

Zut !

MADAME

Ne t'excite donc pas.

LA BONNE

C'est M. Félix.

MONSIEUR

Encore !... Ah çà ! ce bougre-là passe sa vie ici !

MADAME, *les yeux penchés sur son ouvrage.*

Le fait est...

MONSIEUR

Comment le fait est ?... Nous sommes jeudi, ça fait la cinquième fois qu'il vient

MONSIEUR

Tu m'embêtes !

MADAME, *résignée.*

Bien.

MONSIEUR

Et lui aussi, il m'embête ! Vous m'embêtez tous les deux !

Effaré, Toto, d'abord muet, donne brusquement un libre cours aux sentiments de terreur qui l'agitent. Son jeune visage se déchire com-

me le fond d'une culotte trop mûre.
La pièce s'emplit de hurlements.

MADAME

Tu vois, avec tes colères ? Tu fais pleurer le petit, voilà tout ce que tu fais.

MONSIEUR, *qui s'est levé et qui fiévreusement va et vient.*

C'est insensé, ça, aussi, de ne plus pouvoir être chez soi ! Je suis là, les pieds aux feu, à goûter la paix de mon foyer en lisant le compte rendu de la Chambre ; je me dis : « Un tel a bien parlé ! » ou : « Le cabinet est fichu ! » ou : « Gare à l'interpellation ! » enfin, je pense, quoi ; je réfléchis. Bon ! on sonne ; c'est M. Félix !..

Hors de lui.

Et encore M. Félix ! Et toujours M. Félix !... Alors, quoi ? je n'ai plus qu'à en prendre mon parti et à perdre toute espérance. C'est la condamnation à perpétuité ?

MADAME

Ce garçon est excusable. Il a si peu de relations !

MONSIEUR

C'est le dernier des goujats !

MADAME, *conciliante.*

Mais non.

MONSIEUR

Et des mufles !

MADAME

Tu exagères.

MONSIEUR

On n'est pas fourré chez les gens depuis le jour de l'an jusqu'à la Saint-Sylvestre, ou on est le dernier des mufles ; voilà la loi et les prophètes. Tu m'embêtes, encore une fois. Quant à ce monsieur, je ne veux plus en entendre parler !

A la bonne :

Vous avez dit que j'étais là ?

LA BONNE

Mon Dieu, je l'ai dit sans le dire... J'ai dit... J'ai dit...

MONSIEUR

Oui, enfin, tranchons le mot, vous êtes une idiote.

LA BONNE

Une idiote ?

MONSIEUR

Vous n'êtes pas contente ? La porte est là, ma fille, et le tramway passe devant. Qu'est-ce qui m'a bâti une buse pareille, qui coûte trente-cinq francs par mois et qui a encore le toupet d'élever des réclamations ?

La bonne tente de placer un mot.

Assez ! Fichez-moi la paix !

A Madame.

Je vais passer dans le salon. Toi, tu vas me faire le plaisir de recevoir M. Félix.

MADAME

Bien.

TOTO

Moi aussi, j'irai dans le salon ! Moi, aussi, j'irai dans le salon !

MONSIEUR

Tu l'expédieras en cinq secs...

TOTO

Je veux y aller avec papa ! Je veux y aller avec papa !

MONSIEUR

... et tu lui feras comprendre...

TOTO

Je veux y aller tout de suite ! Je veux y aller à l'instant même !

MONSIEUR

Veux-tu te taire, tonnerre de Dieu ! Tu lui feras comprendre que ses visites commencent à devenir trop fréquentes. Et puis, tu sais, inutile de prendre des gants; on ne se gêne pas avec des mufles.

MADAME

Et s'il me demande où tu es ?

MONSIEUR

Tu diras que tu n'en sais rien.

TOTO

Quand est-ce qu'on va y aller, dis, papa, dans le salon ?

MONSIEUR

Mon Dieu ! que cet enfant m'agace !

A Toto.

Tiens, file !

Sortant, précédé de Toto, par une porte dérobée.

Cinq visites !... Cinq !... Cinq !... en

cinq jours !... J'ai vu des gens avoir du culot, mais pas dans ces proportions-là !

Exit.

Madame reste seule.

MADAME

Faites entrer, Victoire.

Disparition de la bonne.

Un temps, puis :

SCÈNE II

M. FÉLIX, *surgissant dans le cadre de la porte ouverte.*

Madame, Monsieur !...

Il s'incline jusqu'à terre.

J'étais de passage dans le quartier ; je n'ai pu résister au désir de monter prendre de vos nouvelles...

MADAME

Ce n'est pas la peine ; il n'y est pas.

Les bras écartés.

Mon Félix !

M. FÉLIX

Mon Octavie !

MADAME

Mon amour !

M. FÉLIX

Ma bien-aimée !

Ils s'embrassent éperdument.

SCÈNE III

Le salon, lugubre et glacial, où s'est réfugié Monsieur. Une bougie brûle à ras de bobèche à l'une des appliques du piano, jetant plus d'ombre que de lumière. Les meubles sont revêtus de housses. La trappe de la cheminée, levée, révèle un âtre vierge de souillures, pareil, dans son cadre de cuivre, à la scène d'un petit théâtre dont on aurait enlevé les décors. Une pluie abondante fouette les vitres.

MONSIEUR, *assis sur le canapé.*

Ah çà ! il ne va pas bientôt foutre le camp !

TOTO

J'ai froid.

MONSIEUR

Personne ne t'en empêche.

TOTO

Ah !... Et toi, dis, papa, t'as chaud ?

MONSIEUR

A croire que je suis au bain de vapeur ! C'est au point que, si ça continue, je vais attraper une congestion.

Il se lève, va au piano et y allume une cigarette.

A vrai dire, ce M. Félix, qui est déjà le dernier des goujats, serait aussi le dernier des crétins si ma femme n'était encore plus bête que lui. Mais la stupidité de Coco est sans bornes et sa niaiserie défie toute comparaison. Quelle oie !

Dix heures sonnent à une église lointaine.

Quand on pense que, depuis une heure, elle subit la conversation de ce Jocrisse, de ce niais, de cet imbécile, et qu'elle n'a pas encore trouvé le moyen de se débarrasser de l u i !... Croyez-vous qu'elle en a une couche !

Il hausse les épaules et ricane.

TOTO

Je m'embête.

MONSIEUR

Tu en as le droit.

TOTO

Ah !... Et toi, papa, tu t'amuses ?

MONSIEUR

Comme une petite folle, tout bonnement.

Il éternue.

Un bouffon manquait à cette fête. Serviteur au rhume de cerveau ! Ah ! on pourra dire ce qu'on voudra et philosopher à perte de vue : on ne fera jamais que la femme ne soit la subalterne de l'homme ! Race inférieure ! Tas de bonnes à rien ! Je vous demande un peu s'il y a du bon sens à se laisser canuler une heure par un idiot, quand il serait si simple de lui dire : « Je serai franche ; vous nous rasez, monsieur Félix. Restez chez vous et fichez-nous la paix. » Enfin, voyons ?

Il éternue.

Ça y est ! c'est le coryza lui-même !

S'emportant bruyamment.

Oh ! mais non, en voilà assez ! J'en ai plein le dos à la fin ! — Ecoute voir un peu, Toto.

Toto s'approche.

Ote tes souliers.

TOTO

Faut que j'ôte mes souliers ?

MONSIEUR

Oui.

TOTO

Pourquoi ?

MONSIEUR

Ote tes souliers, que je te dis.

Toto enlève ses souliers.

Bon. Maintenant, fais bien attention. Tu vas aller sur la pointe du pied écouter à travers la porte ce que disent M. Félix et ta maman, et tu viendras me le rapporter.

TOTO

J'aurai deux sous ?

MONSIEUR

Oui, t'auras deux sous.

TOTO

Chic !... J'y vais !

Il sort sans bruit.

Longtemps.

Monsieur, qui s'impatiente, exécute, par les diagonales du salon, une promenade de lion en cage. Au dehors, la pluie redouble. L'horloge de l'église voisine sonne le quart après dix heures.

Enfin, réapparition du jeune Toto.

MONSIEUR

Ah ! te voilà enfin... Eh bien ?

TOTO, *mystérieux.*

Tu ne sais pas ? Y a M. Félix qui veut faire caca par terre.

MONSIEUR, *ahuri.*

Comment faire caca par terre !...

TOTO

Oui !... J'ai écouté à la porte et j'ai très bien entendu. Il disait comme ça à maman qu'il allait retirer sa culotte. — Faut croire, des fois, qu'il a envie ! ·

LE MIROIR CONCAVE

SIGISMOND

Sur un coup de sifflet du contrôleur, l'omnibus s'est ébranlé. Ses roues tournent dix fois sur elles-mêmes, et aussitôt une voix de femme : « Pssst ! »
C'est Mme *Poisvert, personne à la face élargie de majesté et de noblesse. Elle est flanquée de son fils Sigismond, long jeune homme de dix-neuf ans, dont un duvet léger et mou encadre la face ingénue. Il tient, pressé sur son sein, un énorme pétunia en pot.*
La mère et le fils, l'un suivant l'autre, s'élancent à l'assaut du marchepied et disparaissent à l'intérieur de la voiture où deux places restaient à prendre : l'une tout de suite à gauche en entrant ; l'autre tout au fond, sous le siège du cocher. C'est en faveur de cette dernière que Mme *Poisvert se prononce.*
L'omnibus se remet en route. Une sérénité souriante illumine et, pendant cinq minutes encore, illuminera la lèvre en fleur de la mère. Par contre, le fils semble absorbé dans une douloureuse rêverie. Ses regards, chargés d'inquiétudes, errent éplorés de droite et de gauche, et de minute en minute, se reportent sur le pétunia, qu'ils accablent d'une muette haine.
Enfin, entre ses dents serrées :

SIGISMOND, *à soi-même.*

Saleté de pétunia ! Saleté de pétunia!...
De quoi est-ce que j'ai l'air, avec ce pétunia ?...

L'OPINION PUBLIQUE

Ce jeune homme au front revêtu
D'une auréole si pudique
Marche fièrement, tout l'indique,
Dans le sentier de la vertu.

La candeur luit sur son front blême.
Qu'il soit un exemple pour nous !...
La fleur qu'il tient sur ses genoux,
De son âme chaste est l'emblème.

SIGISMOND, *à soi-même.*

De quoi j'ai l'air ?
Amèrement ironique.
Je ne le sais, parbleu, que trop !... J'ai

l'air d'une tourte, c'est bien simple... Saleté de pétunia ! Saleté de pétunia !...
Mon Dieu !... que c'est assommant d'aller souhaiter sa fête à Mme de Grignottrais !
A ce moment.

MADAME POISVERT, *à l'autre bout de la voi-*
ture.

Sigismond !

L'appel se perd dans le fracas des
vitres secouées.

MADAME POISVERT, *quatre tons plus haut.*

Sigismond !

SIGISMOND, *à part.*

Bon ! Voilà encore maman qui va m'in-
terviewer d'un bout à l'autre du tramway.
Feignons de n'avoir pas entendu.

MADAME POISVERT, *à tue-tête et agitant*
l'air de ses bras.

Sigismond ! Sigismond !

L'OPINION PUBLIQUE

Celui dont l'invisible main
Gouverne les gens et les choses
Nous a placés, comme des roses,
Vieille auguste, sur ton chemin.

O femme à la face élargie
De noblesse et de majesté,
Parle haut !... — Ton âge est lesté
D'une expérience assagie.

MADAME POISVERT, *la voix étranglée dans*
de rauques mugissements.

Sigismond ! Sigismond ! Sigismond !

SIGISMOND, *résigné, à part.*

Allons !... Pas moyen d'éviter.

Haut.

Qu'est-ce qu'il y a ?

MADAME POISVERT, *qui joint le geste à la*
parole.

Le pétunia !

SIGISMOND, *la main au pavillon de l'oreille.*

Quoi ?

MADAME POISVERT

Le pétunia !

SIGISMOND, *même jeu.*

Qu'est-ce que tu dis ?

MADAME POISVERT

Le pétunia !

SIGISMOND

Le pétunia ?

Mimique affirmative de Mme Pois-
vert.

Eh bien quoi, le pétunia ?

MADAME POISVERT

Prends bien garde à ne pas l'abîmer !

N'oublie pas que nous allons l'offrir pour
sa fête à Mme de Grignottrais !

SIGISMOND

Mais oui, mais oui ! Sois donc tranquille !

A part.

J'aime bien maman, mais cré nom !

qu'elle est agaçante !... Quel besoin, non,
mais quel besoin d'aller dire devant tout
le monde que nous allons souhaiter sa
fête à Mme de Grignottrais ?

L'OPINION PUBLIQUE

Cette galante attention
Honore ceux-là qui l'ont eue !
En un vers qui la perpétue
Exprimons notre émotion !

Mais il suffit ; sachons nous taire !
Bouche close sur un secret !
Bornons-nous au geste discret
Qui symbolise le mystère.

SIGISMOND, *à soi-même.*

Une chose me met hors de moi, c'est la pensée que Mme de Grignottrais va encore me forcer à essuyer le plâtre dont elle a soin de peindre et d'orner son visage, pour réparer des ans l'irréparable outrage. Ayant simulé la surprise d'une personne qui était à cent lieues de soupçonner les événements : « C'est donc ma fête ? s'écriera-t-elle en nous voyant surgir sur le seuil de la porte, maman, le pétunia et moi. Quelle surprise inattendue et quel pétunia superbe ! » Là-dessus elle se fera un devoir de m'attirer entre ses bras et de me faire essuyer le plâtre. Abominable perspective !...

L'œil écarquillé sur un rêve.

Ah ! pourquoi ne puis-je être quitte avec un coup de pied dans le derrière ! que je savourerais avec volupté cette humiliation libératrice !

MADAME POISVERT

Sigismond !

SIGISMOND

Et après ?

MADAME POISVERT

Fais risette à ta mère !

SIGISMOND

Une autre fois.

MADAME POISVERT

Pourquoi une autre fois ?

SIGISMOND

Parce que !

MADAME POISVERT

Parce que quoi ?

SIGISMOND

Parce qu'il y a du monde.

MADAME POISVERT

Ça ne fait rien.

Frappée d'un soupçon.

Ah çà ! Sigismond, aurais-tu honte d'avoir de la tendresse pour moi ?... Va, il n'est pas de plus beau spectacle que celui d'une mère et d'un fils unis par les liens de l'affection la plus étroite. Fais-moi une risette, Sigismond !

SIGISMOND

Voilà !

Il sourit.

MADAME POISVERT

C'est ça. — Envoie-moi un bécot.

SIGISMOND

Chez nous' !

MADAME POISVERT

Non, ici.

SIGISMOND

Non !

MADAME POISVERT

Si !

SIGISMOND

Non !

MADAME POISVERT, *fondant en larmes.*

Sigismond, tu ne m'aimes plus !

SIGISMOND

Mais si !

MADAME POISVERT

Bien vrai ?

SIGISMOND

Puisque je te le dis ?

MADAME POISVERT

Alors, fais-moi encore une petite risette !

La mère et le fils se sourient.

L'OPINION PUBLIQUE

Le riant, l'aimable tableau !...
Qu'il a de douceurs et de charmes !
N'arracherait-il pas des larmes
Aux rochers de Fontainebleau ?

Fils cent fois tendre, mère heureuse,
L'un de l'autre à ce point épris,
Vous évoquez en nos esprits
L'Heureuse Famille de Greuze.

LE CONDUCTEUR, *apparaissant.*
Places, siouplaît !

MADAME POISVERT
Sigismond !

SIGISMOND
Et alors ?

MADAME POISVERT
Le conducteur !...

SIGISMOND
Le conducteur ?

MADAME POISVERT
Oui, le conducteur !

SIGISMOND
Eh bien, quoi, le conducteur ?

MADAME POISVERT
Il vient réclamer le prix des places.
SIGISMOND
Je le vois bien.

MADAME POISVERT
Paye pour nous deux ; je te rendrai
ça en rentrant.

SIGISMOND, *agacé.*
Bon ! bon !
Il tire son porte-monnaie.

MADAME POISVERT
Tu m'y feras penser.
SIGISMOND
Oui.

MADAME POISVERT
Tu me rappelleras en même temps que
je te dois déjà huit sous. Tu sais, pour la
farine de lin...
*Mutisme systématique de Sigis-
mond...*
Le jour où tu avais un clou...
Même jeu de Sigismond.
Je t'ai posé un cataplasme ; est-ce que
tu ne te souviens pas ?

SIGISMOND, *les mâchoires pareilles à un
étau.*
Ah ! Dieu puissant ! Ah ! Vierge
sainte !
Au conducteur.
Voilà une pièce de un franc ; payez-
vous.

MADAME POISVERT, *debout et haranguant.*
Dans quelques mois tu seras un homme : apprends donc à ne plus te conduire

en enfant, ainsi que tu as coutume de le
faire. Compte avec soin la monnaie qui
te revient. Un sou et un sou font deux
sous ; plus tu entreras dans la vie, plus
tu te sentiras pénétré de la vérité de cette
parole. Mais garde-toi de te méprendre
au sens du discours que je tiens. La fois
où nous avons dîné avec du foie de veau
aux carottes, le tripier nous a colloqué
une pièce démonétisée ; n'essaye pas de
la repasser au conducteur. Ce serait une

mauvaise action et les mauvaises actions, Sigismond, retombent toujours sur le nez de ceux qui les ont commises.

SIGISMOND, *à soi-même.*

Je voudrais être assis à l'ombre des forêts !...

L'OPINION PUBLIQUE

Tel sous l'azur des ciels limpides
Que parcourt le vol des ramiers,
Avril voit les fleurs des pommiers
S'écrouler en neiges rapides.

Tel, nous voyons, émerveillés,
Crouler, à torrent des lumières !...
Il pleut des Vérités Premières :
Tendons nos rouges tabliers.

SIGISMOND, *désespéré.*

Oh !...

Haut.

Eh bien, qu'est-ce qu'il y a encore ?

MADAME POISVERT, *d'une voix qui sonne comme un appel de trompette.*

Est-ce que tu as pensé à changer de chaussettes ?

Du coup, Sigismond en a assez. Il se lève, et posant son pétunia en pot sur les genoux de son voisin :

SIGISMOND

C'en est trop ! Acceptez, de grâce,
Ce pot de fleurs qui m'embarrasse,
Quant à moi, j'en ai plein le dos ;
Je prends le train pour Saint-Jacut.

Un temps. Sigismond se calme.

Suite du temps. Sigismond se rassérène.

Temps interminable. Sigismond s'épanouit.

Soudain.

MADAME POISVERT

Sigismond ! Sigismond ! Sigismond !

Il se dirige vers la porte, gagne la rue et disparaît tandis que :

MADAME POISVERT, *éplorée.*

Courons, amis, courons employer toute chose
A rompre le dessein que son cœur se propose.

. . . .

4

LA PRÉSENTATION

Dans les ténèbres du fiacre qui les conduit chez les Brossarbourg, Mme Poisvert et Sigismond, son fils.

MADAME POISVERT

Un instant encore, puis nous serons rendus, et tu te trouveras en présence de celle qui est appelée, — je veux le croire,

— à devenir la compagne de ton existence. De cette première entrevue dépend toute ta destinée ; réfléchis-y, Sigismond, mon enfant ; tâche de sortir victorieux de l'épreuve que tu vas subir. Je te connais, car je t'ai fait ; je sais tes belles qualités mais aussi tes petits travers, et je n'ignore point que si le fond est excellent chez toi, la forme, des fois, ne laisse pas que d'apparaître défectueuse. La faute m'en revient, je me hâte de le dire. Aveuglée par ma tendresse... — quelle mère, vraiment digne de ce nom, osera me jeter la première pierre ? — ... je t'élevai mal, mon fils ; je t'élevai horriblement mal, m'entêtant à ne voir en tes vices naissants que d'éphémères imperfections et d'inconséquentes mutineries. C'est ainsi que le jour où tu mis à profit le sommeil de ton grand-papa pour lui faire pipi dans la barbe, je m'extasiai et fus proclamer dans le quartier, ainsi que je l'eusse fait d'une action d'éclat, l'ingénieux imprévu de cette farce, plutôt inconvenante cependant. Combien je me repens, à cette heure, de ne t'avoir pas donné le fouet!... Mais ce sont là regrets superflus, auxquels il ne convient point de s'attarder. Un fait est : tu vas être présenté à celle qui va devenir ta femme, — espoir charmant, dont se berce ma maternelle sollicitude — et à ta nouvelle famille. Efforce-toi donc de gagner l'une et l'autre, par tes séductions extérieures, les charmes de ta conversation; et recueille de ta mère, Sigismond, les sages avis que voici, fruits de son expérience déjà vieille. Sigismond, montre-toi à la fois homme du monde et homme d'esprit. Tiens-toi droit ; ne mets pas tes mains dans tes poches, et souviens-toi que le bon goût est père de la bonne plaisanterie. Sois badin, mais comme il convient que le soit une personne de ta condition. Si M. de Brossarbourg, ton futur beau-père, te présente sa main grande ouverte, ne t'adonne pas au plaisir d'y laisser tomber un crachat : facétie innocente sans doute, pourtant discutable au point de vue de la correction, et à laquelle, plus tard, quand tu seras marié, tu te livreras en toute tranquillité d'esprit si tu le juges à propos. Ne relève point les jupes de la domestique pour regarder ce qu'il y a dessous ; — encore moins celles de ta fiancée. Ne retire point tes chaussures, à moins que tu n'en sois prié instamment. Autre chose : tu as l'habitude de manger comme un cochon. Je te supplie de n'en rien faire. Sigismond, ne lèche pas, de ta langue, la sauce restée dans ton assiette ; ne prends pas ta viande à pleines mains ; n'élève pas jusqu'à tes narines le pain que l'on te servira, en disant pour faire rire le monde : « Voilà un pain qui sent le pied ». Si tu danses, danse convenablement ; ne te frotte pas sur ta danseuse en poussant des cris de volupté, ainsi que tu as coutume de faire. Sois sobre dans le geste, modéré dans le discours. Fuis le mot à double entente, ennemi de la bonne société. Ne mets pas ta chemise hors de ton pantalon pour faire croire que tu as une ringrave ; si tu te sens la morve au nez,

ne te mouche pas avec tes doigts ; et si tu viens à roter, dis : « Ce n'est pas moi ; c'est la lampe. » Tels sont, Sigismond, les conseils que dicte ma maturité à ta jeune inexpérience. J'ose me flatter de l'espérance que tu en tireras profit. Or, voici que le fiacre s'arrête devant la porte des Brossarbourg, descends et paye le cocher. Tu lui donneras un franc soixante : trente sous pour la course, dix centimes de pourboire. Cet homme nous a menés bon train ; il faut récompenser son zèle.

Le décor change. Il représente maintenant le salon des Brossarbourg.

UN LARBIN, *annonçant.*

Mme Poisvert et M. Sigismond, son fils.

SIGISMOND, *saluant, très correct.*

Mesdames, messieurs !... Serviteur !...
Il se prend le pied dans un pli du tapis, s'étale de tout son long, se redresse, et, d'une voix retentissante :

M... pour les Brossarbourg ! Enfants de salauds, qui laissent des peaux de saucissons traîner dans leur appartement pour que messieurs les invités se foutent la gueule par terre !

THÉODORE CHERCHE DES ALLUMETTES

SCÈNE PREMIÈRE

Un escalier, la nuit. Ténèbres profondes. Trois heures sonnent à l'horloge d'une église voisine.

THÉODORE, *vingt ans.*

Trois heures. J'en ai une santé, de rentrer à trois heures du matin. Je vais être bien reçu par papa !

Il est ivre que c'en est une désolation ! Et péniblement, marche par marche, il s'efforce d'accomplir l'ascension de son escalier, regagnant le domicile paternel, où il occupe une petite chambre.

C'est bête, aussi, s'tosss...tination à ne pas vouloir me donner la clé. Le diable y serait, je ne suis plus un enfant... je sais me conduire dans l'existence.

Il bute et s'étale.

Flûte !

Il se relève, puis, froidement :

Pas moi... qui glisse ; c'est l'escalier.

L'averse, qui redouble, mitraille d'invisibles carreaux.

Je sais bien que je suis un peu dans les brindezingues, mais quelle importance ça a-t'y, puisqu'on ne s'en aperçoit pas ?... Oh ! c'est que, moi, j'ai ça d'agréable : je peux avoir mon compte bien pesé, impossible qu'on s'en aperçoive... Bon œil ! bon pied !...

Il bute de nouveau. Même jeu que précédemment.

Volaille d'escalier !... — et pas le moindre embarras dans la langue... sauf pour certains mots difficiles, comme l'osssstination, par exemple. — Ce n'est pas que je ne puisse pas les dire. Non. C'est que, véritablement, on ne peut pas les prononcer. La langue française est pleine de difficultés. Tous les étrangers vous le diront.

Un palier se présente.

Un palier !

Il s'arrête. Il souffle.

Soudain :

Ah çà ! mais quel étage donc qu'c'est ?

Terrifié.

Bon sang ! J'en ai une santé... j'sais pus à quel étage je suis ?... C'est pas que la mémoire me manque. Non. Seulement, voilà ce qui arrive : tout le temps la tête me travaille, je pense à trente-six choses à la fois, et puis va-t'en voir s'ils viennent !... Cré nom d'un chien de nom d'un chien! Va falloir que je redescende !

Illuminé :

Oh ! une idée !

Il étend le bras. De sa main qui tâtonne il soulève une boîte au lait pendue à un bouton de porte, la décroche et la lâche par la dégringolade de l'escalier.

THÉODORE, *comptant les paliers aux sourds ronflements du fer-blanc.*

Un... deux... trois... quatre. Elle est arrivée. Je suis chez nous. — Eh ! en effet, je sens le pied de cerf de papa. Sonnons !

Coup de timbre retentissant ; puis, long silence. Théodore s'endort tout debout, les bras tombés le long des cuisses et le bord de son chapeau calé au panneau de la porte. Soudain, à ses pieds, un mince fil de lumière, et aussitôt :

UNE VOIX

Qui est là ?

THÉODORE, *réveillé en sursaut.*

... éodore.

Tour de clé. La porte s'ouvre, laissant voir la silhouette imposante de l'homme de bien auquel Théodore doit le jour. Il est vêtu d'une chemise de flanelle, chaussé d'élégantes espadrilles. Il tient à la main une bougie.

LE PÈRE

Te voilà ? Ce n'est pas trop tôt.

THÉODORE, *qui prudemment évite de se lancer dans un discours prolixe :*

... soir !

LE PÈRE

Est-ce que tu te fiches du monde, de rentrer à des heures pareilles ? Ta mère est dans un état !...

THÉODORE

... pas tard.

Il secoue son chapeau.

LE PÈRE

Pas tard !... — Tu me lances de l'eau. Fais donc attention ! — ... Il est trois heures du matin !

THÉODORE, *feignant la surprise.*

Non ?

LE PÈRE

Je te dis qu'il est trois heures du matin !... C'est la cinquième fois que ça t'arrive, depuis le commencement du mois, de rentrer à des heures indues ; mais j'en ai assez, je te préviens ! Tâche un peu à recommencer : je te refourre à Louis-le-Grand, tu verras si ça fait un pli. Bougre de polisson !... Propre à rien !... — D'abord, d'où viens-tu ?

THÉODORE

Tu dis ?

LE PÈRE

D'où viens-tu ?

THÉODORE

... dîné en ville.

LE PÈRE

Où ?

THÉODORE

Rue...

A part.

Un mot difficile.

Haut.

Rue...

A part.

Je ne pourrai pas y arriver.

LE PÈRE

Rue quoi ?

THÉODORE, *affectant une grande désinvolture.*

Je ne sais pas si tu as remarqué comme la langue française est bête.

LE PÈRE, *stupéfait.*

Qu'est-ce qui te prend ?

THÉODORE

Je constate un fait.

LE PÈRE, *hors de lui.*

Je vais te flanquer mon pied au derrière !... En voilà un polichinelle ! Je lui demande où il a dîné, il me répond : « Je constate un fait ». Est-ce que tu me prends pour un Cassandre ?

THÉODORE

Oh !... Papa !... — J'ai dîné...

Violent effort que couronne un demi-succès.

J'ai dîné rue de... Iroénil.

LE PÈRE

Rue de Iroénil ?

THÉODORE, *qui a dîné rue de Miromesnil.*

Oui.

LE PÈRE, *après avoir rêvé.*

On apprend à tout âge. Voilà quarante-cinq ans que j'habite Paris ; du diable si j'eusse soupçonné l'existence de la rue de Iroénil !... Enfin ! — Et ensuite, qu'as-tu fait ? Car tu n'es pas resté à table jusqu'à trois heures du matin, je pense ?

THÉODORE

Non. — Je suis allé avec des camarades entendre de la grande musique.

LE PÈRE

Où ?

THÉODORE

A Montmartre.

LE PÈRE

Quelle rue ?

LE PÈRE

Pourquoi ?

THÉODORE

Dame !... à cause de cette saleté...

LE PÈRE

Quelle saleté ?

THÉODORE

Rue de la... Rue de la...

A part.

Zut ! Encore un mot difficile... Saleté de langue !

LE PÈRE

Eh bien ! quand tu voudras ?

THÉODORE, *qui s'obstine en vain à essayer d'articuler ces mots :* Rue de la Tour-d'Auvergne, *et qui finit par y renoncer :*

Y a pas des moments où tu regrettes de n'être pas Espagnol ?

THÉODORE

... saleté de langue française.

LE PÈRE

Ça recommence ! ! !

THÉODORE

Mais, dame !...

LE PÈRE, *le front soudainement barré d'une ride soupçonneuse.*

Regarde-moi donc un peu.

Eclatant.

Ah çà ! mais, Dieu me pardonne, tu es ivre comme la Pologne !

THÉODORE

Moi ?

LE PÈRE

Tu sens le fond de baril à en tomber asphyxié.

THÉODORE

La foudre s'écroule à mes pieds si j'ai bu autre chose qu'une gomme !

LE PÈRE, *exaspéré.*

Retire-toi de mes yeux !... Va te coucher !

THÉODORE, *plaintif.*

Ce n'est pas bien, ce que tu fais là. Tu profites de ce que tu es mon père pour

THÉODORE

Saleté de langue française !... Saleté de langue française !

Bruit mou d'un fort coup d'espadrille aplati en un fond de culotte et disparition de Théodore par l'entre-bâillement d'une porte latérale.

SCÈNE II

La chambre de Théodore.
THÉODORE, *plongé dans la nuit.*
Ça y est ! Il n'y a vu que du feu !...

me dire des choses blessantes et pour m'abreuver d'hu..., d'hu..., d'hu...

Nouvelle lutte valeureuse de Théodore avec le mot HUMILIATIONS, *lequel ne veut rien savoir.*

LE PÈRE, *furieux.*

D'hu..., d'hu... Au lit, vaurien ! Au lit !

Non, mais croyez-vous que j'en ai une ?... Croyez-vous que j'en ai une santé ! — Où sont les allumettes ?... — Ça, je peux le dire hardiment : pour ce qui est d'avoir une santé et de faire la blague avec un verre dans le nez, à moi le pompon, y a pas d'erreur... — Ah çà, où diable la

femme de ménage a-t-elle fourré les allumettes ?

*Les pieds traînés sur le plancher, les
doigts écarquillés devant lui, il
avance péniblement, avec la
crainte de se cogner le nez dans
un pan de mur inopportun.*

je ne trouve pas le porte-allumettes. —
Ah ! le voilà !

Il plonge ses doigts dans l'encrier.
Non !

Après mûres réflexions.
C'est un œuf. — Si je connaissais le
propre-à-rien qui m'a fichu un œuf sur

Soudain, sa main, heurtée, se fixe
sur l'arête vive d'un obstacle.
C'est la table, encombrée de pa-
perasses et de bouquins, où ce
futur jurisconsulte potasse quelquefois les Pandectes.
La cheminée !... Le porte-allumettes
n'est pas loin.
Sa main erre et frôle, en aveugle.
C'est rigolo ; je trouve la cheminée et

ma cheminée, je lui apprendrais mon
nom de baptême. Y a pas de bon sens !
Une cheminée, c'est pas une place à
mett' des œufs.

*Pris de pitié, il hausse les épaules ;
sur quoi, il passe sans transition à
un autre genre d'exercices :*
J'ai rudement rigolé, cré nom !... Trouduc a été époilant ! Et Gagadois encore
plus ! Et Lucuchet encore plus ! Quant

au consul, c'est bien simple : j'ai jamais rien vu d'aussi saoul. Quelle cuite !... Très gentil, d'ailleurs. Et aimable ! et simple ! et correct !... sauf quand il a voulu entrer dans un fiacre en passant par la lanterne.

Il pouffe.

Croyez-vous, non, mais croyez-vous, cette idée d'entrer dans un fiacre en passant par la lanterne !

Tout en parlant, il s'est éloigné de sa table. A cette heure, le nez au mur, il tâte d'une main hésitante le bouton de cuivre d'un placard qui lui sert à la fois de bibliothèque et de garde-manger et où, parmi un pêle-mêle confus de brochures, bouteilles vides, journaux de droit et autres, un morceau de gruyère, au haut d'une pile d'assiettes, transpire mélancoliquement.

La fenêtre !... Si je donnais un peu d'air !

Il ouvre le placard et, longuement, il aspire, selon l'expression du poète :

Le souffle parfumé des nuits pures et calmes.

A la fin.

Drôle de printemps ! Il fait noir comme dans un four et ça sent le gruyère à plein nez. Jamais vu un mois de mai pareil !

Il referme.

Et le plus chouette, c'est qu'il engueulait le cocher. Comme il lui disait : « T'es pas fou ? Comment veux-tu que je passe par une portière pareille ? Je pourrais pas y fourrer mon poing. » On est bête quand on est saoul. N'importe, j'ai rudement rigolé.

Solennel.

Personne, — vous entendez ?... personne ! — ne peut se faire une idée à quel point j'ai rigolé ! J'ai rigolé comme pas un client au monde ne peut dire qu'il a rigolé ! Je le jure...

Il étend les bras et renverse la lampe.

Zut ! j'ai cassé le pot à eau ! — ... sur la tombe de ma grand'mère, et le premier qui n'est pas de mon avis n'a qu'à venir me le dire en face. Je lui apprendrai mon nom de baptême.

Brusquement :

Ah çà ! mais je vois rien du tout, moi. Est-ce que je vais passer la nuit à chercher des allumettes ? Rosse de femme de ménage qui me les a cachées exprès pour me faire une blague ! Elle aura de mes nouvelles, la femme de ménage. C'est le jour de l'an dans huit mois, tu parles si j'y fous des étrennes. La peau, oui !... et mon nom de baptême !... avec les trente-deux manières de s'en servir. Où qu'c'est qu'elle a pu les fourrer ? Où qu'c'est qu'elle a pu les fourrer ?

Il chante :

Pour boire à notre belle France,
Amis, versez-moi du veau froid.

S'interrompant.

Avec ça, j'ai comme une idée que j'ai reçu un coup de pied dans le cul. Mais où ?

Frappé d'une idée.

Ah !... Dans la table de nuit !

Et comme, à ce moment, il effleure justement de ses doigts le marbre de la cheminée.

La voilà, la table de nuit.

Il s'accroupit, et, à quatre pattes, il s'engouffre dans la cheminée dont le tablier est levé.

Très long silence.

L'horloge d'une église lointaine meugle, avec une lenteur sinistre, les trois quarts avant quatre heures.

THÉODORE, *fouillant à la fois les cendres de l'âtre et le chaos de ses souvenirs.*

Impossible de me rappeler qui est-ce qui m'a botté les fesses. Le consul ?... Ça me surprendrait de la part d'un personnage rompu de longue date, par profession, aux procédés diplomatiques. Gagadois ?... Je n'honorerai pas d'une semblable supposition la pusillanimité bien connue de ce professeur de taf. Alors, qui ?... Lecuchet ?... Des fois !... Et encore, non ? Je l'ai remis chez lui, Lecuchet. A preuve qu'il voulait à toute force refermer sa porte cochère, non en la ra-

menant à lui, du vestibule où il était, mais en la poussant, au contraire, de la rue, où il n'était plus, à l'aide de son bras faufilé entre la porte et le chambranle ! ! !
Quel type encore, celui-là ? Le coude comme dans un étau : « Je vas ficher congé, moi ! qu'il criait. La porte cochère ne ferme plus. On n'est pas en sûreté chez soi, c'est dégoûtant ! »

Simple et satisfait.

Oui ; ah ! j'ai plutôt rigolé. Seulement, si ça continue, je vas attraper des rhumatismes. Quel vent !

De son dos arrondi en faîte de tonnelle, il ébranle dans ses coulisses le tablier de la cheminée, lequel lui déchaîne sur la nuque un vacarme de cataclysme.

Oh ! l'orage !

Il fait le signe de la croix.

Et toujours pas d'allumettes ! Non !... ce vent ! Y a de quoi en crever ! D'où diable que ça peut bien venir ?

Étonné, il lève la tête, et, — ô stupeur ! — au-dessus de lui, c'est un prolongement d'ombre dense, compacte, s'achevant sur le noir de la nuit et encadrant exactement le disque éblouissant de la lune !

Qu'est-ce que c'est que ça ?

Un temps.

Puis.

THÉODORE, *à la fois égayé et inquiet.*

En voilà une table de nuit !... Il y fait autant de courants d'air que sur la porte Saint-Martin, et on voit le pot de chambre au travers !

SCÈNE III

Le même décor, vu de jour. Un rideau de cretonne tiré devant la fenêtre arrête et colore au passage la clarté du beau temps du dehors. Dans un angle, la tache d'un lit dont les draps s'écroulent en chute d'eau, élargissant sur le plancher la pâleur sale d'un brie qui coule.

Théodore, qui depuis dix minutes se retournait d'un flanc sur l'autre, agité d'une fièvre de mauvais sommeil, s'é-

veille enfin. Il se soulève hors de ses draps, et, penché vers sa table de nuit, attache sur le cadran de sa montre ce regard des myopes qui écrase l'objet.

Onze heures... Ma montre est arrêtée S'il était onze heures, y ferait nuit... Cré nom, que j'ai mal à la tête !

Machinalement, il met sa montre à son oreille et stupéfait d'en entendre nettement le grignotement de petite souris.

Comment ! elle marche ?... Mais, alors, il est onze heures du matin !

Onze heures sonnent au loin.

C'est bien ça !... Eh bien ! me voilà joli garçon ; j'ai raté mon ministère ! Ça fait cinq fois depuis un mois.

Il veut s'élancer hors du lit, mais l'énergique effort qu'il lui donne lui répond dans le cerveau en bastonnade ahurissante.

Dieu ! que j'ai mal à la tête !

Il s'assied dans son lit avec mille précautions et, de ses mains, comprime ses tempes endolories.

Ah ça ! je voudrais bien savoir pourquoi je m'éveille à cette heure-ci. D'habitude, je suis debout à huit heures du matin.

Vaguement inquiet.

Oh ! ce n'est pas naturel, il a dû m'arriver quelque chose d'anormal.

Longue rêverie, puis :

Parions que j'ai pris une paille.

Suite de la rêverie.

Oui, c'est cela évidemment ; j'ai ramassé une pistache. La céphalalgie qui me tourmente et les ténèbres qui obscurcissent mes idées ne peuvent me laisser aucun doute sur ce point. — Maintenant, n'ai-je pas fait de bêtises ?... C'est que je me connais : il me suffit d'avoir le nez sale pour être convaincu que les gens ne peuvent pas s'en apercevoir, et, abrité derrière cette idée fixe comme derrière un paravent, vous pensez si je me gêne pour en prendre à mon aise !... Oui, ah ! pourvu, mon Dieu ! pourvu que je n'aie pas commis quelque énormité !... Tâchons de mettre un peu d'ordre dans le désastre de mes souvenirs.

Un temps.

On avait dîné chez Trouduc ; cela, je me le rappelle parfaitement. Nous étions sept : Trouduc, Gagadois, Lecuchet, les deux dames en claque qu'on a mises toutes nues aussitôt qu'elles sont arrivées et qu'on a fait dîner à poil, et ce monsieur si distingué, officier de la Légion d'honneur, qui a été consul en Mésopotamie. Bon ! Le repas fut des plus délicats et la plus franche cordialité y régna d'un bout à l'autre. Cependant j'ai comme une idée qu'entre la poire et le fromage le consul reçut de moi un verre de vin en pleine figure. Pourquoi ? Ah ! ici...

Geste vague.

Que diable avait-il pu me faire ?... D'ailleurs ça n'a pas d'importance : le fait est que cet incident, en supposant qu'il ait eu lieu, ne paraît pas avoir autrement altéré l'excellence de nos nouvelles relations. Je me souviens très bien, en effet, qu'une fois le dessert enlevé, le consul monta sur la table, où, au milieu de la débandade du couvert, il imita la danse mauresque en faisant remuer ses intestins, tandis que moi, la paume de la main tapée au cul d'un poêlon, je criais : « Bananes ! Goyaves ! Ah ! bono, bono, bono ! » Jusque-là, à quelques petites lacunes près, mes souvenirs demeurent plutôt assez précis. Seulement, voilà, c'est la suite...

Un temps ; puis, douloureusement.

Est-ce bête de se ficher dans des états pareils ! J'ai beau chercher, c'est comme si je chantais. Rien ! Rien ! Rien ! Impossible de me rappeler un mot ; et, malgré tout, je ne sais quelle voix intérieure me dit que j'ai dû faire des blagues... Qu'est-ce que ça peut bien être ? Procédons par ordre. Après dîner, nous sommes sortis.

A la réflexion.

Oui, nous sommes sortis ; c'est sûr... ; à moins que nous soyons restés, ce qui ne me surprendrait pas. Entre ces deux alternatives, ma mémoire flotte, partagée, dans une indécision cruelle.

Longue songerie.

Rien ne saurait donner idée de la gueule-de-bois dont je détiens le record, et le mal de tête qui m'opprime défie toute comparaison. C'est comme si des équipes entières de terrassiers étaient occupées, sous mon crâne, à me percer d'une oreille à l'autre une espèce de boulevard Haussmann.

Soudain, avec l'accent du triomphe :

Nous sommes sortis ! Nous sommes sortis ! Il n'y a plus d'erreur possible ! Je me vois, comme si j'y étais encore, dans la capote du sapin où nous étions montés à sept !... Nous l'avions pris rue de Miromesnil, le sapin, à la porte de chez Trouduc, et la question ne serait plus, à présent, que de savoir où nous nous sommes fait conduire, si elle n'était tranchée d'avance. Nous étions soûls comme des ânes ; il est donc hors de discussion que nous n'avons pas hésité à nous faire conduire au café. Il faudrait être fou furieux ou bien ignorant de l'âme des hommes pour ne pas se rendre à une évidence fille d'une déduction logique. Et, en effet, je me vois maintenant au café comme je me voyais il y a un instant dans la capote du sapin. A mes côtés, Lecuchet et Trouduc ; en face de moi, Gagadois, les deux femmes en claque et le consul...

Frappé d'une idée.

Le consul !... Eh ! je ne me trompe pas ? Nous avons bien organisé un match à celui de nous deux qui boirait le plus de kummel ?... Pardieu oui ! Chameau de consul !... Ça ne m'étonne plus si j'ai la tête comme un chantier. Du reste, à partir de ce moment, on pourrait me donner cent mille livres de rentes pour me faire dire ce que j'ai fait ; du diable si seulement je m'en doute. C'est la nuit noire, la tombe dans toute son épouvante. Comment tout cela a pu finir, c'est ce que je ne saurai jamais. A peine, dans cette ombre compacte, une ou deux éclaircies très vagues : c'est ainsi que je me vois sous la pluie, faisant la conversation avec un passant inconnu au coin d'une rue dont j'ignore le nom, et que je suis certain d'avoir regardé l'heure à une horloge illuminée. Ah ! c'est du propre !... Enfin !... — Que je me lève pourtant ; que j'aille à mon ministère. Je dirai que j'ai été malade.

Il pose ses yeux dans ses mains, stimule sa mémoire dévastée. Et peu à peu, sous l'effort de sa volonté, apparaissent à son souvenir de petites visions indécises. C'est un café ; il en voit à travers un nuage

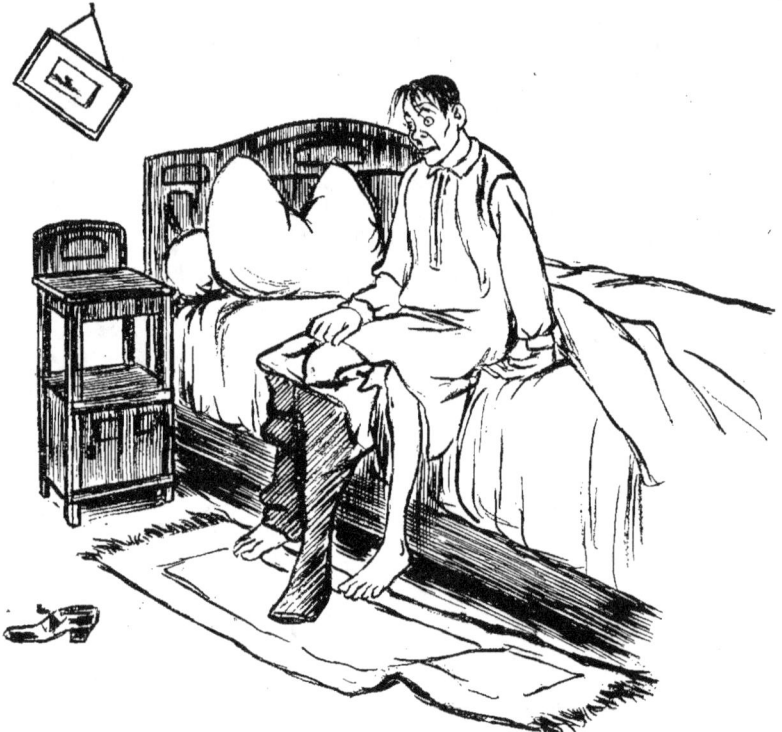

Il s'empare de son pantalon, en enfile une jambe et s'arrête.

Ah çà, mais ! ah çà, mais ! ah çà mais !... Est-ce qu'on ne m'a pas mis à la porte d'un café ?... Parfaitement !... Je me suis même flanqué, les quatre fers en l'air, tellement on m'a poussé fort !...

Perplexe :

Mais si on m'a mis à la porte, c'est donc que j'avais fait quelque chose ?... Ça me paraît au moins probable... Voyons donc ! Voyons donc !...

les globes de verre dépoli. Devant lui une colonne de soucoupes ; près de lui des consommateurs : un, surtout, dont le visage l'agace. A cause ? Il y a là un mystère que le tourmenté Théodore s'efforce en vain d'approfondir. Il n'ignore pas que le pochard a l'antipathie facile, mais ça ne fait rien, il n'est pas tranquille tout de même, persuadé, sans pouvoir au juste dire pourquoi, que de sérieux griefs,

*des rancunes anciennes, ont dû
cingler d'un brusque coup de fouet
ses colères enfin déchaînées. Car
plus il va et plus la conviction le
pénètre qu'une minute est arrivée
où il est sorti de ses gonds. Et il
peine, et il sue, et il pressure son
front pour en faire jaillir la lumière, et la tête lui fait un mal...
Tout à coup un éclair éblouissant*

*déchire le voile des ténèbres ; la
vérité, pressée de toutes parts,
jaillit toute nue de son puits et :
THÉODORE, les yeux élargis d'effarement,
écarquillés comme des soucoupes
sur la réalité des choses.*

Nom d'un tonneau, je me rappelle ! J'ai
flanqué une paire de gifles à mon chef
de division !

LA PREMIÈRE LETTRE

Liberté est laissée aux gens qui savent
quelle parenté m'unit à Jules Moinaux
de récuser mon témoignage. Quant à
moi, je croirais accomplir un acte parfaitement absurde en exigeant de ma tendresse filiale plus de discrétion qu'il
n'est de rigueur, et en taisant mon admiration pour les *Tribunaux Comiques* le
jour où je trouve l'occasion de la mani-
fester hautement.

Que dire des *Tribunaux Comiques* qui
n'ait été cent fois dit ? Longuement et à
tour de rôle, Alexandre Dumas, Noriac
et Armand Silvestre les ont étudiés et
exaltés. C'est qu'il convient de voir en
eux autre chose que de légers vaude-
villes ou que des pitreries de tréteaux ;
ils constituent à n'en pas douter une expression définitive du génie comique de la
race. L'observation en est puissante ;
l'écriture, simple en apparence, en est
étonnante de justesse, de sobriété, de couleur, et quelle saine et noble gaieté s'y
ébat, la jupe troussée, les seins jaillis hors
du corsage, comme une ribaude de Téniers. Aussi bien, n'est-ce pas un hasard
qui fait se rencontrer sous ma plume le
nom de Téniers et celui de Jules Moinaux. A vrai dire, il y a plus d'un point
de ressemblance entre le peintre et le
conteur. Chez le premier comme chez le
second, c'est la même touche nette et
franche, les mêmes dessous d'une solidité
à toute épreuve, le même trait caricatural
respectueux de la vérité, qui sauvegarde
la ressemblance dans le burlesque de la
charge ; et si telles figures bouffonnes du
vieux Maître vivent de cette même vie qui
anime les marionnettes des *Tribunaux
Comiques*, tels lumineux tableaux des
Tribunaux Comiques ont les belles allé-
gresses des kermesses flamandes.

Un jardin — y eût-on cueilli assez de
bouquets pour en couvrir le marché de
la Madeleine — n'est jamais absolument
veuf des fleurs qui étaient sa gloire. Toujours quelques violettes subsistent, cachées sous le mystère des mousses ;
quelque rose qu'on ne soupçonnait pas
est demeurée épanouie derrière l'enche-
vêtrement des ronces. A cette heure, les
Tribunaux Comiques sont achevés ; un

cinquième volume, paru il y a trois ans chez l'éditeur Flammarion, a clos ce défilé d'études où Moinaux a synthétisé d'une si admirable façon l'esprit des choses et la bêtise des gens ; pourtant, que de petits chefs-d'œuvre négligés, laissés de côté par l'auteur des *Deux Sourds*, en son désintéressement d'homme de lettres volontairement retiré des affaires, tout au souci d'écheniller, comme il faut, les Maréchal-Niel et les Gloire-de-Dijon de son jardinet de Saint-Mandé !

Pour mon compte, je sais une histoire qu'il inventa et dédaigna d'écrire, dont Panurge n'eût point désavoué la drôlerie

extraordinaire. Si elle n'arrache pas au lecteur le fou rire auquel elle a droit, c'est que je l'aurai mal racontée, n'ayant ni la verve généreuse, ni le don d'observation aiguë de l'écrivain dont je suis si fier d'être le fils. Je ferai de mon mieux pour la bien dire ; votre bonne volonté fera le reste.

Voici l'objet. Il s'agit d'un échange de mauvais procédés avec accompagnement de gifles, survenu entre deux commères du quartier de la Goutte-d'Or.

LE PRÉSIDENT, *à un témoin qui vient de s'avancer à la barre.*

La femme Volet a cité la femme Beugnasse en police correctionnelle pour injures publiques et voies de fait. Vous êtes cité comme témoin à la requête de la plaignante. Faites votre disposition.

LE TÉMOIN

Monsieur, voici exactement tout comme c'est que c'est arrivé. Mme Volet qui était descendue tirer de l'eau, était là, seau à la main ; bon, arrive Mme Beugnasse, qui se met à l'interpréter !

LE PRÉSIDENT

Comment ! à l'interpréter ?

LE TÉMOIN

Oui, M'sieu ; rapport à des histoires qui avaient arrivé entre elles ; des potins de femmes ; des blagues, quoi !... « Ah ! vous voilà, vous, qu'elle lui fait ; nous avons un compte à régler. A ce qu'il paraît que vous auriez été faire du chichi et dire à la marchande d'abats que j'étais qu'une ci et qu'une l'autre ? — Moi ? qu'dit Mme Volet, tout interjectée. — Oui, vous, que reprend Mme Beugnasse. Ah ! je suis qu'une ci et qu'une l'autre ? Eh bien, vous, vous êtes une vieille vache. »

Rires dans l'auditoire.

LE PRÉSIDENT

Ne dites que la première lettre.

LE TÉMOIN, *qui ne comprend pas.*

Monsieur ?

LE PRÉSIDENT

Il est inutile de préciser certains mots sur lesquels il n'y a pas à se méprendre. Dites-en seulement la première lettre. Le tribunal comprendra.

LE TÉMOIN, *après avoir longuement rêvé.*

Ah ! parfaitement !

Il reprend le fil de son récit.

Donc : « Vous êtes une vieille vache ! » que crie Mme Beugnasse à Mme Volet. Entendant ça, je me dis...

LE PRÉSIDENT

Vous assistiez à la scène ?

LE TÉMOIN

Comme je vous vois. Je venais de finir de dîner, ça fait que je m'étais mis à la fenêtre pour fumer ma p... tranquillement.

LE PRÉSIDENT

Quoi ?

LE TÉMOIN

Je m'étais mis à la fenêtre pour fumer ma p... tranquillement.

dont la crudité serait de nature à scandaliser l'auditoire. De là à tomber dans l'excès contraire !...

Le témoin fixe sur le président des yeux arrondis d'inquiétude.

Enfin !... Continuez.

LE TÉMOIN

... Je me dis : « A moins d'un hasard, ça va finir par du vilain. Tout à l'heure, y aura de l'erreur. » Je connais Mme Beu-

LE PRÉSIDENT

Pour fumer votre p. ?

LE TÉMOIN

Oui.

LE PRÉSIDENT

Quelle p. ?

LE TÉMOIN, *hésitant.*

... Ma... pipe...

LE PRÉSIDENT

Pourquoi ne le dites-vous pas ?

LE TÉMOIN

Parce que vous m'avez dit vous-même...

LE PRÉSIDENT

Je vous ai dit de glisser sur les termes

gnasse, Monsieur, elle est teigne comme tout !... Et, en effet, la v'là qui s'emballe, qui s'emballe, disant comme ça que celles qui voudraient l'acheter, elle leur-z'y enlèverait le ballon une belle affaire ; que les faiseuses de chichi, elle se les mettait quelque part et que Mme Volet était une salope.

Rires dans l'auditoire.

LE PRÉSIDENT, *une pointe d'agacement dans la voix.*

Ne dites donc que la première lettre !

LE TÉMOIN, *qui s'excuse :*

Pardon !... Mme Volet réplique ; la veuve Beugnasse, furieuse, lui lance une girolle à cinq feuilles ; voilà le chiqué qui commence. Moi, comme de juste, je fais ni une, ni deux ; je descends l'escalier, je traverse la cour, je me lance sur les combattantes et je les empoigne par leurs h...

LE PRÉSIDENT

Par leurs haches !...

LE TÉMOIN

Dame !... elles se battaient ; je voulais les écarteler.

LE PRÉSIDENT, *abasourdi*.

Elles se battaient à coups de haches ?

LE TÉMOIN, *avec un sourire*.

Oh ! non !... à coups de poing seulement.

LE PRÉSIDENT

Vous venez de dire que vous les aviez empoignées par leurs haches.

LE TÉMOIN

Eh bien, oui !... Par leurs... habits.

LE PRÉSIDENT

J'ai bien de la peine à me faire comprendre !... Bref ?

LE TÉMOIN

Bref, Monsieur, je les ai séparées comme j'ai pu. Mme Volet, qu'avait la figure tout en sang, braillait comme un cochon de lait ; ce qui n'empêchait pas la mère Beugnasse de la vectiver, fallait voir !... la traitant de chameau et de garce et répétant : « Tu l'as eu, mon poing sur la gueule ! Tu l'as eu, mon poing sur la gueule ! »

Rires dans l'auditoire. Le président,
du bout de ses doigts, tambourine
nerveusement sur la table.

Une heure après, toute la maison était encore révolutionnée ; et pis, pas que la maison : la rue ! tellement ça avait fait du foin !...

LE PRÉSIDENT

Ça avait fait du foin ?...

LE TÉMOIN

Un peu !...

LE PRÉSIDENT, *ahuri*.

Où ça donc ?

LE TÉMOIN

Dans le...

LE PRÉSIDENT

Dans le quoi ?

LE TÉMOIN

Dans... le... q...

LE PRÉSIDENT, *hors de lui*.

Je vous retire la parole !

LE TÉMOIN

Pourtant...

LE PRÉSIDENT

Assez !... Allez vous asseoir ! Je vous ai dit de ne rien dire que la première lettre.

LE TÉMOIN, *qui avait voulu dire : « dans*
le quartier. »

C'est ce que j'ai fait.

SUGGESTION

La scène représente un café. Au premier plan, Ratcuit et Labouture discutent de sciences occultes devant deux bocks à demi vidés. Au fond, attablée, une dame seule, plongée dans la lecture de l'Echo de Paris. Entre la dame qui lit l'Echo et le couple Ratcuit-Labouture, un billard, où deux messieurs, armés de queues et de craie, se livrent aux douceurs du carambolage.

LABOUTURE
Tu es idiot, Ratcuit ; tais-toi. Tu parles comme un vermisseau.

RATCUIT, *qui suit son idée.*
... et j'en ai eu toutes les preuves, entends-tu ?

LABOUTURE
Que tu parlais comme un vermisseau ? Je te crois sans peine.

RATCUIT
Il ne s'agit pas de cela ; ne fais donc pas l'imbécile.

Labouture, enchanté, rigole.

RATCUIT
Je te répète que j'ai vu de mes yeux, et des centaines de gens assistaient aux mêmes expériences, les phénomènes de suggestion de l'ordre le plus extraordinaire et le plus incompréhensible ! Est-ce clair ?

LABOUTURE
Tais-toi. Tu divagues.

RATCUIT, *opiniâtre.*
J'ai suivi pendant plusieurs mois les conférences du docteur Luis, à l'hôpital de la Charité...

LABOUTURE
Oui, mon vieux.

RATCUIT, *qui commence à rager.*
... et chaque fois, j'en suis revenu émerveillé...

LABOUTURE
Oui, mon vieux.

RATCUIT, *qui rage de plus en plus, mais qui ne veut rien en laisser paraître.*
... car j'ai vu des choses inouïes, j'ai vu des choses fabuleuses ; de ces choses qui dépassent l'imagination et devant lesquelles on demeure baba !... Est-ce clair encore une fois ?

LABOUTURE
Il m'est impossible de comprendre pourquoi tu ne veux pas la fermer.

RATCUIT
Quoi ?

LABOUTURE
Ta boîte.

RATCUIT, *qui contient son exaspération.*
J'ai vu suggérer à une dame (prise, note bien, au hasard de l'assistance) l'idée de s'armer d'un couteau et d'en aller frapper le cocher du docteur Luis, dont le coupé stationnait devant la porte de l'hôpital ! J'ai vu la même personne, en l'espace de deux minutes, rire, fondre en larmes, suffoquer, faire la morte, *et cætera et cætera,* et cela par le seul fait de la volonté de l'hypnotiseur commandant : « Faites cela ; faites ceci ; je le veux ! » Hein ! ce n'est pas épatant, ça ?

LABOUTURE, *au comble de la joie.*
Un vermisseau ! un vermisseau lui-même ne s'exprimerait pas autrement !

RATCUIT, *qui enfin éclate.*
Brute !

LABOUTURE
Ferme ça, Ratcuit ; ferme ça. C'est un ami qui te le conseille.

RATCUIT
Sauvage !

LABOUTURE
La douleur t'égare.

RATCUIT

Ce n'est pas la douleur qui m'égare, c'est ma juste indignation... Alors oui ? tu en sais plus long à toi tout seul que toutes les sommités de la Faculté, lesquelles désarment et demeurent à court de réplique en présence de faits stupéfiants ? Quel cancre, et que voilà donc bien la stupide présomption des hommes ! Mais la volonté, tout est là !... La puissance d'une volonté véritablement impérieuse et virile est telle qu'elle agit sur la matière elle-même !...

LABOUTURE

Sur la matière ?

RATCUIT

Oui.

LABOUTURE

Fécale ?

RATCUIT

Flûte ! Vrai, tu es trop bête, Labouture, et ton sourire niaisement goguenard a le don de me mettre hors de moi.

LABOUTURE

Ne te frappe pas.

RATCUIT

C'est assommant, aussi, de voir un paquet de ton espèce s'insurger devant des évidences, nier la science, se crever les yeux de parti pris pour ne pas voir des phénomènes connus et reconnus de tout le monde.

Didactique et solennel.

Oui, l'âme humaine est la grande dominatrice ! Par elle, s'affirme l'invisible présence du Dieu qui régit l'Univers ; car elle est parcelle de ce même Dieu !... Tout l'établit ! Tout le proclame !... Mais ne ris donc pas, bougre d'âne ! N'oppose donc pas des ricanements de gâteux à des manifestations dont le mystère nous échappe, il est vrai, mais confond notre raisonnement !... Je te dis...

Il tape sur la table.

Je te dis que l'homme est le roi de la création !

LABOUTURE

Même après le cheval ?

RATCUIT

Je te dis...

Nouvelle gifle à plat, abattue au marbre de la table.

... que sa Volonté, entends-tu ? est maîtresse sur Tous et sur Tout... Voyons, raisonnons un instant. Veux-tu m'expliquer, je te prie, comment il se fait qu'un lorgnon, tenu à la main au bout d'un fil et opiniâtrement fixé par un œil fascinateur, se mette peu à peu en mouvement et tourne lentement sur lui-même de gauche à droite ou de droite à gauche, selon qu'il lui a été *commandé* de tourner à gauche ou à droite ?

Labouture s'esclaffe bruyamment.

RATCUIT

Je vois que ton obstination seule égale ta stupidité.

LABOUTURE

Tu parles comme un vermisseau ! Tu parles comme un vermisseau !

RATCUIT

Ah ! je parle comme un vermisseau ? Eh bien, moi, je vais te confondre !...

LABOUTURE

Allons donc !

RATCUIT

Tu vois bien cette dame, là-bas, qui lit le journal ?

LABOUTURE

Oui.

RATCUIT

Elle ne pense guère à moi ?

LABOUTURE

Non.

RATCUIT

Très bien. — Je m'en vais la forcer, par la seule puissance de mon regard où je vais concentrer toute ma volonté, à lever les yeux et à les amener sur moi !

LABOUTURE

Toi ?

RATCUIT

Oui, moi !

LABOUTURE

Tu forceras cette dame à te regarder ?

RATCUIT

Parfaitement, et avant seulement une minute ; et ceci sans que j'aie dit un mot, fait un signe, ni attiré son attention par quelque geste que ce soit.

LABOUTURE, *très froid.*
Impossible.

RATCUIT
Parions !

LABOUTURE
Tu perdrais.

RATCUIT
Si je perds, je paierai.

Ratcuit, renversé dans le dossier de la banquette, attache un regard suggestif sur la dame, laquelle ne paraît nullement influencée et reste plongée en sa lecture. Ratcuit redouble de volonté, même résultat.

LABOUTURE, *goguenard.*
Très curieux.

LABOUTURE
Garde donc ton argent ; tu n'en as pas de trop pour toi.

RATCUIT
Tu cannes ! Tu cannes !

LABOUTURE
Ah ! je canne ? Eh bien, je te parie vingt francs !

RATCUIT
Tope... C'est tenu. Et maintenant fais bien attention. L'expérience va commencer.

L'expérience, en effet, commence.

RATCUIT, *à demi-voix.*
Tais-toi ! Tu contraries mon influence. Tiens, voilà que ça commence ; je le sens ; tu vas voir. Fais attention, Labouture ; le phénomène va se produire !...

D'une voix à peine perceptible :
Je veux !... Je veux !... Je veux !... Je veux !

A ce moment, un des deux messieurs qui jouaient le carambolage interrompt une série, pose sa queue le long du mur, et s'approche tranquillement de Ratcuit.

LE MONSIEUR

Quand vous aurez fini de regarder ma femme.

RATCUIT

Hein ? Quoi ? Qu'est-ce ?... D'où est-ce qu'il sort, celui-là ?

LE MONSIEUR

Je sors d'en prendre. Voilà cinq minutes que je vous suis du coin de l'œil ; votre persistance à dévisager une femme est de la dernière inconvenance.

RATCUIT

Mais... mais... mais...

LE MONSIEUR, *l'imitant.*

Mais... mais... mais... Vous êtes un polisson, voilà tout ce que vous êtes. Et puis, regardez-la encore, regardez-la un peu, ma femme... Je vous enlèverai le derrière, moi, andouille !

FERME TA MALLE !

Place de la Bastille. Un marchand de chansons débite sa marchandise au sein d'un auditoire nombreux et attentif. Près de lui, un jeune homme aveugle écrase de ses maigres doigts les touches d'un orgue portatif dont se mêle la plainte navrante au fracas ininterrompu des camions et des omnibus.

LE MARCHAND

Demandez ! le répertoire moderne ! les récents succès du café-concert ! L'Hirondelle de France, Mon cœur ouvre ton aile, Les Yeux noirs de mon Andalouse, Oh ! là là ! c'est rien dégoûtant, Ça m'répugne de voir ces choses-là, Descends donc de ton cheval, Mon Plumet de dimanche ! Qu'en veut ? Qu'en demande ? Qu'en désire ? On les vend deux sous !

Nombreuses demandes.

Les Yeux noirs de mon Andalouse ? Moins noirs que les vôtres, mon p'tit chat. Deux sous, s'il vous plaît. Merci bien ! Dieu bénisse la main qui m'étrenne. Le commerce reprend, y a du bon !... Et maintenant, attention ! nous allons chanter : *Dors en paix !* la dernière création de Mlle Yvette Guilbert, au concert de l'Eldorado... Musique, monsieur Honoré !

Il monte sur un petit banc. L'aveugle touche l'orgue, qui se répand en gémissements mélancoliques.

PREMIER COUPLET

Il chante.

Dans son berceau de fine mousseline,
Un jeune enfant d'environ quelques mois,
Sous le regard de sa mère mutine,
Dormait ainsi qu'il faisait quelquefois.
Il souriait, car dans un rêve étrange
Il distinguait un drapeau déployé !...
« Ah ! dit la mère à son cher petit ange...

A un garçon boucher qui demeure insensible aux charmes de la poésie et s'obstine à répéter gravement : « Ferme donc ta malle ! Ferme donc ta malle ! »

Tâche à te payer mon siphon, toi ! J'vas aller te peser ton veau, tu vas voir si ça va traîner.

LE BOUCHER

Ferme donc ta malle !

LE MARCHAND

... pèce de proparien !... barbouillé... avec ta saleté de bidoche !... peux pas ficher la paix aux personnes, c'cochonlà ?

Geste écœuré ; puis.

Musique, monsieur Honoré.

Il reprend.

Dors, mon enfant, dors sans te réveiller.

ami. Qui en veut ? qui appelle ? Ne parlez pas tous à la fois !...

Il remonte sur son petit banc.

Reprise de gémissements lugubres sous les maigres doigts de l'organiste.

DEUXIÈME COUPLET

Il chante.

Mais le bébé, dont un rêve morose
Semblait troubler le sommeil enfantin,
Pâlit soudain et sa lèvre de rose

REFRAIN

Dors en paix, mon doux être,
Ton sommeil ingénu,
Bientôt,... demain peut-être,
Le moment du réveil pour tous sera venu.

On la vend deux sous ! *Dors en paix !* paroles et musique de Mouillepied ; le dernier grand succès de Mlle Yvette Guilbert. Voilà, Mademoiselle !... avec mon cœur... Nom de Dieu, les gosses, voulez-vous reculer un peu ? *Dors en paix !* gendarme ? Voilà ! c'est deux sous, mon

Dit : « C'est par eux que je suis orphelin !
« Voilà vingt ans qu'ils ont tué mon père :
« Je veux venger son cadavre béni... »
En se perchant...

Pardon !...

En se penchant sur le berceau, la mère
Les yeux en pleurs, à l'enfant répondit...

Au boucher, qui insiste et répète sans se lasser : « Ferme ta malle ! Ferme ta malle ! »

Ferme-la donc toi-même, ta malle ! Tu vois donc pas que ça sent le poisson ?

boug' de rien du tout ! traîne-ta-viande !
A la Poubelle ! A la Poubelle !...

LE BOUCHER

Ferme ta malle !

LE MARCHAND

Tu répètes toujours la même chose. —
Ah ! Et puis tu me fais déballer. — Au
refrain, monsieur Honoré.

Dors en paix, mon doux être,
Ton sommeil ingénu,
Bientôt,... demain peut-être,
Le moment du réveil pour tous sera venu.

TROISIÈME COUPLET

Il chante.

Trois mois après, au bord de la couchette,
La pauvre mère, affligée et muette,
Cédait au poids de ses destins trop courts.
Et tout à coup, de sa lèvre mourante,
Baisant le front qui rougit de plaisir,

Elle gémit d'une voix expirante
Ces mots perdus dans un dernier soupir...

*Au boucher, qui ne se décourage pas
et répète : « Ferme donc ta
malle ! » avec un entêtement exas-
pérant.*

Veux-tu parier, à présent, que je te
fous mon pied dans le cul ! Hein ! veux-
tu parier avec moi ?

*Marche menaçante vers le boucher,
qui bat, intimidé, une retraite hâ-
tive. Accalmie brusque.*

Musique ! monsieur Honoré !

Dors en paix, mon doux être,
Sous mon œil qui s'éteint,
Dors en paix, car peut-être
Le moment du réveil sera demain matin.

On la vend deux sous !

LES BABOUCHES

SCÈNE PREMIÈRE

OSCAR DE PROUTRÉPÉTO, *seul.*

Tandis qu'Isabeau est dans le bain,
contemplons une dernière fois les babouches que je lui ai achetées pour sa fête.

*Il tire les babouches du papier où
elles étaient enveloppées.*

A vrai dire, j'étais assez embarrassé.
Laisser passer cette solennité avec l'air
de ne m'en pas être aperçu et sans offrir
à Isabeau le petit cadeau que son amitié
est en droit d'attendre de la mienne, eût
été un peu trop cochon.

*Brusque effarement du monsieur
qui a lâché une inconvenance par
mégarde.*

Oh !...

*Coup d'œil anxieux, jeté à droite et
à gauche.*

Non. Personne !

Il continue.

D'autre part, me mettre en dépense...
ce n'est guère dans mes habitudes... —
oh ! de grâce, pas de fausses interpréta-
tions ; je ne suis pas ce que vous pourriez
croire. Je suis...

Confidentiel.

Je suis ce que ces dames appellent : le
gigolo.

Sourire satisfait.

Parfaitement, je suis le gigolo, c'est-à
dire le jeune homme pauvre mais aimable, sachant faire oublier les torts de son

humble condition par des qualités supérieures, physiques et intellectuelles.

Ma mission consiste en ceci :

Récréer doucement Isabeau par la diversité heureuse et toujours imprévue de mes saillies ;

La consoler à l'occasion ;

regard inquiet, promené autour de soi.

Non, personne.

Il reprend.

En revanche, j'ai mes petits profits : Isabeau, dans l'intimité, m'appelle volontiers son petit Proute-Proute... et ça ne

La tenir au courant du mouvement littéraire ;

Lui rappeler qu'elle a un bon cœur ;

Et lui jouer un peu de piano.

A la rigueur, quand le charbonnier se permet de venir réclamer sur un ton insuffisamment correct le paiement de ses fournitures, je lui donne du pied au cul...

— Oh !

Même jeu que plus haut, nouveau

se borne pas là...; à beaucoup près. — Pour en revenir à ce que je vous disais, j'étais assez embarrassé. En fait, l'emploi de « gigolo » demande à être tenu avec un tact exquis. Personnage mixte, homme de demi-teinte, ni chair ni poisson (si j'ose m'exprimer ainsi), il ne saurait conduire sa barque d'une main trop légère et trop souple, sous peine pour lui de verser dans le... oui... (ce qui créerait

de fâcheux précédents), ou dans le...
horrible hypothèse sur laquelle je rou-
girais de m'étendre une seule minute !...
J'ai donc pris un moyen terme : je lui ai
acheté des chaussures.

Il faut vous dire qu'entre autres choses
admirables, Isabeau possède deux petits
pieds qui sont les plus jolis du monde.
Des pieds de bébé ! c'est à les prendre
dans la bouche et à les croquer comme
des bonbons. Or, devinez dans quoi elle
les chausse, ses pieds ? Je vous le donne
en cent !... Dans des espadrilles ! ! ! Elle
dit que c'est bien assez bon pour traîner
dans l'appartement. S'il est possible de
dire des monstruosités pareilles ! Les
pieds d'Isabeau dans des espadrilles !
C'est comme si on mettait des truffes
dans une casquette, du vin du Rhin dans
un carton à chapeau ou le portrait de la
femme aimée dans un tiroir de table de
nuit ! Aussi lui ai-je acheté, rue du Qua-
tre-Septembre, les jolies babouches que
voici.

*Il montre les babouches, qui sont
vraiment charmantes, à fond rouge
surchargé d'épaisses broderies
dorées.*

Elles m'ont coûté la somme de six
francs quatre-vingt-dix, que je ne regrette
foutre pas. — Oh !

Même jeu encore que plus haut.

Non. Personne... Je vais les lui offrir
avec un petit discours à allure de madri-
gal. Ce sera très homme du monde. —
Mais voici la belle des belles.

Entre Isabeau.

SCÈNE II

OSCAR DE PROUTRÉPÉTO, ISABEAU

OSCAR DE PROUTRÉPÉTO, *allant au-devant
d'Isabeau.*

Ma chère amie. En ce jour solennel,
daigne permettre au plus dévoué, au plus
fidèle, et au plus reconnaissant de tes
adorateurs de t'exprimer... euh !... de te
dire... Pardonne à mon émotion, qui
m'empêche de placer un mot.

ISABEAU, *touchée.*

Merci, mon petit Proute-Proute.

OSCAR DE PROUTRÉPÉTO

En principe, je voulais, à l'occasion de
ta fête, t'offrir un modeste attelage à la
Daumont. J'avais même songé à un petit
hôtel, avenue des Champs-Elysées...

Geste confus d'Isabeau.

Après de longues tergiversations, j'ai
renoncé à ce projet, crainte de froisser en
ton âme, si supérieurement délicate, de
chatouilleuses susceptibilités, en sorte
que je me suis borné à te faire hommage
de ceci.

ISABEAU

Passe voir un peu voir que je voie.

Avec éclat.

Ah !... des porte-allumettes !

OSCAR DE PROUTRÉPÉTO

Mais...

ISABEAU, *au comble de la joie.*

Bath ! Bath ! des porte-allumettes !
A-t-il des idées ce Proute-Proute !...
Non ! vrai ! ce qu'ils sont rigolos !... On
dirait des souliers de Turc !

LE BON PÊCHEUR

A l'aube. Au bord de l'eau.
M. POMMADE, *apprêtant sa ligne.*
Diable ! le vent est au nord, ce matin.
N'étaient les conditions dans lesquelles
j'opère, je ferais une fichue pêche.

Et de deux !
  Le barbillon, redélivré, est remis à
    l'eau, puis repêché.
Et de trois !
  Même jeu.

Heureusement. .
  Il lance sa ligne. Le bouchon plonge
    immédiatement. Il tire vivement et
    amène un barbillon.
Et d'un !
  Il délivre le poisson et le rejette à
    l'eau. Ceci fait, il relance sa ligne.
    Même jeu que précédemment et
    réapparition du même barbillon.

Et de quatre !
  Même jeu encore.
Et de cinq !
  Arrive M. Garrigou drapé dans un
    épervier. Attirail de pêcheur farou-
    che. Cinq lignes de longueurs iné-
    gales. Il a une épuisette sous le
    bras et un seau plein d'eau à la
    main. Il dépose son matériel, s'ins-

talle, *les jambes ouvertes, dans l'herbe, et ouvre une boîte d'hameçons.*

M. POMMADE, *qui l'a regardé faire, avec un étonnement croissant.*

Hé là, l'homme !

M. Garrigou dresse le nez.

Vous n'avez sans doute pas, je pense, la prétention de toucher à mon bras ?

M. POMMADE

Je vous dis de vous en aller !

M. GARRIGOU

Et à cause de quoi, que je m'en irais ? L'eau est à tout le monde, peut-être.

M. POMMADE

L'eau, c'est possible, mais pas le poisson.

Étonnement de M. Garrigou.

M. GARRIGOU

Quel bras ?

M. POMMADE

Mon bras de rivière.

M. Garrigou hausse les épaules et s'apprête à jeter la ligne.

M. POMMADE

Tonnerre de Dieu !

Il s'élance sur M. Garrigou.

Voulez-vous bien me ficher le camp, et plus vite que ça !

M. GARRIGOU

Qu'est-ce qui vous prend, à vous ? En voilà un sauvage !

Je ne dis pas le poisson de la rivière, naturellement ; je dis le poisson de mon bras...

M. GARRIGOU

De vot' bras ?

M. POMMADE

Bien sûr, de mon bras !... un bras de Marne que j'ai loué à la municipalité et fermé d'une claie à chaque bout pour que mon poisson n'en sorte pas. Non, mais vous êtes pas mal épatant vous, encore : vous n'avez pas l'air de me croire quand je dis que le poisson est à moi.

Se montant peu à peu.

Un poisson que j'ai acheté moi-même à la Halle, apporté moi-même dans un arrosoir et mis moi-même dans l'eau de mon bras pour avoir le plaisir de le pêcher ensuite, il n'est pas à moi ce poisson-là ? Un poisson que je nourris de mes propres mains avec de la bonne gargouillade d'asticots, des bonnes boulettes de caca, des bonnes croûtes de gruyère pourri, il n'est pas à moi ce poisson-là ? Un poisson que je pêche et repêche depuis trois ans jusqu'à des trente et quarante fois par jour, même à la fin, il me connaît et se laisse pêcher de bonne volonté, il n'est pas à moi ce poisson-là ? Il faut que vous soyez le rebut du genre humain pour oser dire une chose pareille, que ce poisson-là n'est pas à moi !

M. GARRIGOU

Ah ! mais dites donc ?...

M. POMMADE

Vous n'êtes pas encore convaincu ? Hé bien, regardez voir un peu.

Il s'approche de l'eau, se place les mains en cornet sur la bouche et appelle d'une voix retentissante :
Théodore !

Le barbillon se montre aussitôt, et fait de la tête un petit signe amical.

Il n'est pas à moi, ce poisson-là ?
Dédaigneux.

D'ailleurs, je suis bien bon de me faire tant de bile, et vous pouvez bien le pêcher si vous voulez, ce poisson *qui n'est pas à moi.* Oui, tenez, c'est cela, pêchez le, pêchez-le un petit peu, pour voir.

M. GARRIGOU

Je le pêcherai si je veux.

M. POMMADE

Eh bien, pêchez-le donc !

M. Garrigou, agacé, jette la ligne. Même jeu que plus haut. Le bouchon plonge. M. Garrigou tire vivement et amène le barbillon. Mais celui-ci, voyant à qui il a affaire, se décroche précipitamment et rentre dans son élément naturel en manifestant un profond dégoût.

M. POMMADE

Là ! Vous êtes fixé, maintenant ?

M. GARRIGOU, *ahuri.*

Mais, mais, mais...

M. POMMADE

Il n'y a pas de mais ; fichez-nous la paix, à Théodore et à moi. Vous nous dégoûtez tous les deux, avec votre figure de bagne. Allez, c'est bon, assez causé. Et maintenant tâchez d'ouvrir l'œil ; si jamais vous avez le front de mettre la main sur mon bras, je vous enverrai mon pied, moi.

L'OURS

SCÈNE PREMIÈRE

Les coulisses du petit théâtre de l'Ambigu-Dramatique.

LAPOTASSE, *costumé en Brésilien farouche.*

Ecoute-moi bien, Piégelé.

PIÉGELÉ, *costumé en ours et tenant sa tête sous son bras.*

Je suis tatoué, Lapotasse...

Se reprenant.

Heu !... je suis tout ouïe, c'est-à-dire...

LAPOTASSE, *solennel.*

Grâce à mon intervention, te voici enfin parvenu à la réalisation de tes vœux les plus chers ; tu es artiste ! Dans un instant, tu auras paru devant ton souverain juge, le grand public parisien. Tu y auras paru, il est vrai, sous les traits modestes d'un ours, mais... — Piégelé, tu me portes sur les nerfs, à regarder ta tête au lieu de m'écouter.

PIÉGELÉ

Je t'écoute, Lapotasse, je t'écoute.

LAPOTASSE

Je t'en suis obligé. — ... Mais, dis-je, il n'y a pas de petits emplois, il n'y a que de petits acteurs. Médite cette vérité. Ceci posé, prête la plus attentive oreille aux instructions que tu vas recevoir de ton aîné, maître, et ami... De tes débuts, Piégelé, une carrière tout entière dépend !... — Mon Dieu que tu es agaçant de laisser tomber ta tête à chaque minute !

PIÉGELÉ

Ne te fâche pas, Lapotasse.

LAPOTASSE

De tes débuts, — j'insiste sur ce point essentiel, — dépend une carrière tout entière. Donc... — Quand tu auras fini de débarbouiller ta tête avec le fond de ta culotte, tu me feras un sensible plaisir

— ... voici la situation ; tâche voir à ne pas te tromper. Je fais le Brésilien Hernandez ; toi tu fais l'ours que je dois tuer d'un coup de rifle. Très bien ; je suis en scène et je dis : « Caramba ! »

PIÉGELÉ

Caramba !... C'est de l'espagnol !

LAPOTASSE, *très important.*

Ne t'inquiète pas de ça, ce n'est pas ton affaire. Est-ce que tu es compétent pour savoir si c'est de l'espagnol ? Non. Alors, de quoi te mêles-tu ?

Haussement d'épaules.

C'est curieux, ce besoin de compéter sans savoir. D'abord, les Brésiliens sont des espèces d'Espagnols.

PIÉGELÉ

C'est juste. Continue.

LAPOTASSE

Bon ! Au même moment où je dis : « Caramba ! » toi tu entres, et tu imites l'ours. Sais-tu imiter l'ours ?

PIÉGELÉ

Oh ! très bien.

LAPOTASSE

Imite voir.

PIÉGELÉ, *imitant l'ours.*

« Paye tes dettes ! Paye tes dettes ! » Ah ! non ! je confondais avec la caille ! L'ours, c'est comme ça :

Imitant.

« Couic ! couic ! couic ! »

LAPOTASSE

Eh non ! ce n'est pas comme ça ! Tu fais le cochon d'Inde en ce moment. L'ours, voilà comment c'est.

Imitant.

« Hoû ! Hoû ! Hoû ! »

PIÉGELÉ, *répétant.*

Hoû ! Hoû ! Hoû !

LAPOTASSE

Tu y es. Moi, là-dessus, qu'est-ce que je fais ? Je te fous un coup de fusil.

PIÉGELÉ, *inquiet.*

... Pour de rire ?

LAPOTASSE

Naturellement, pour de rire. Alors tu tombes mort, et c'est tout. Tu as bien compris ?

A part.

Je crois que je ne serai pas mal, dans l'ours. Je le sens, ce rôle, je le sens !

SCÈNE II

La scène. Le décor représente une forêt vierge.

LAPOTASSE, *achevant son monologue.*

« Caramba ! »

PIÉGELÉ

Parbleu ! me prends-tu pour un idiot ?
— Ah ! dis donc, et si le fusil rate ?

LAPOTASSE

Le cas est prévu : j'ai une arme à deux coups. Tu attendrais.

PIÉGELÉ

Entendu.

LAPOTASSE

Hé bien ! attention, tiens-toi prêt !

PIÉGELÉ

Sois tranquille.

Entrée de l'ours. Mouvement dans la salle.

L'OURS

« Hoû ! Hoû ! Hoû ! »

LAPOTASSE, *jouant.*

« Que vois-je, un ours !... A moi, mon bon rifle de Tolède ! »

Il ajuste l'ours et presse du doigt la gâchette. Le fusil rate. Rires dans la salle.

L'OURS

« Hoû ! Hoû ! »

LAPOTASSE, *improvisant.*

« Attends, lâche animal ! Ah ! tu crois
me faire peur ! Peur à moi !... l'intrépide
Hernandez ! »

Il ajuste l'ours de nouveau.

« Meurs donc ! »

*Il presse la gâchette. Le fusil rate
une seconde fois. Rires énormes
dans le public.*

L'OURS, *à part.*

Ah diable ! Je ne sais que faire, moi.
Ma foi tant pis !

Haut.

'« Hoù ! Hoù ! Hoù ! »

LAPOTASSE, *exaspéré et ne voulant pas
manquer son effet.*

« Ah ! c'est ainsi ! et mon arme fidèle
me trahit à l'heure du danger !... »

*Il empoigne l'arme par le canon et
assène sur la tête de l'ours un for-
midable coup de crosse.*

Meurs !

L'OURS

Sacré nom de Dieu de nom de Dieu !
Enfant de salaud qui m'a mis un coup de
crosse ! J'en ai la mâchoire détraquée et
la gueule comme une tomate.

MONSIEUR LE DUC

---

*Sur la scène, derrière le rideau, un soir
de première. La herse, qui brûle dans
les frises, éclaire un intérieur de palais
moyen âge.*

LE RÉGISSEUR, *affolé.*

Oh ! sapristi ! l'avertisseur qui va frapper les trois coups, et ma figuration n'est
même pas placée !... L'avertisseur, s'il
vous plaît, une minute !,

*Il s'arrondit les mains en cornet sur
la bouche, et à pleine voix hèle
les figurants logés dans les com-
bles au théâtre.*

Oh hé ! les seigneurs ! oh hé ! On va
frapper ! En scène, les seigneurs ! grouil-
lez-vous !

*Descente bruyante des figurants par
une échelle de meunier. Ils sont*

*vêtus de costumes Louis XI. Der-
rière eux viennent, sans se hâter,
des cardinaux en robe pourpre.*

Hé bien ! dites donc, les cardinaux, tas
de chameaux, ne vous pressez pas. Faut-
il que je vous fasse descendre avec une
trique ?

*Les seigneurs et les cardinaux vien-
nent se ranger à droite et à gauche de la scène.*

Un peu moins de bruit, s'il y a moyen,
et tâchez voir à écouter ce que je vais
avoir l'honneur de vous dire. Tantôt, à
la répétition générale, vous avez été au-
dessous de tout. Les auteurs sont très
mécontents. Comment, espèces de crétins, on vous...

A deux figurants qui se chamaillent.

Qu'est-ce qu'il y a encore, là-bas ?

UN SEIGNEUR

C'est le connétable de Bourgogne qui me mollarde sur les pieds.

LE RÉGISSEUR

Je vais aller lui cueillir les puces, moi, au connétable de Bourgogne.

Poursuivant.

Comment ! espèces de crétins, on vous

annonce : « Monsieur le duc de Montmorency ! » et vous n'avez pas l'air plus épaté que ça ?

Haussement d'épaules.

Sachez, cuistres, ânes bâtés, que la famille des Montmorency était alors une des premières familles de France, que les Montmorency... — *(A un cardinal qui rigole.)* ... Je vais foutre mon pied dans le cul au nonce du pape... — ... étaient cousins du roi, et que, par conséquent, à l'annonce de ce grand nom, vous devez témoigner de votre déférence sans bornes. D'ailleurs, c'est dans le manuscrit, Voici le texte :

Lisant.

« Monsieur le duc de Montmorency ! « *Mouvement chez les seigneurs.* » Mouvement chez les seigneurs, cela signifie, brutes, que... — Ah ça ! mais vous n'êtes pas au complet ici ! Où est donc saint François de Paule ?

UN SEIGNEUR

Il est allé boire un demi-setier avec l'évêque de Narbonne.

LE RÉGISSEUR

Où ça donc ?

LE SEIGNEUR

Chez le concierge.

LE RÉGISSEUR

Trop fort !

Il sort et reparaît une minute après, chassant devant lui à grands coups de pied dans le derrière l'évêque de Narbonne et saint François de Paule.

LE RÉGISSEUR

Tiens, l'évêque ! Tiens, saint François ! Tiens, l'évêque ! Tiens, saint François ! Allez vous placer à la gauche, maintenant. Eh ! l'évêque, tourne-toi donc un peu. Tu as encore pissé sur tes souliers, cochon ! Vingt sous d'amende !

L'évêque veut placer un mot.

Assez ! Assez ! Va te mettre à la gauche, je te dis.

L'évêque obéit.

Qu'est-ce que je disais donc ? Ah oui ! Mouvement chez les seigneurs, cela signifie, brutes, que vous ne devez pas accueillir ces paroles : « Monsieur le duc de Montmorency ! » avec la même indifférence que vous accueilleriez celles-ci par exemple : « Avez-vous des bouteilles à vendre ? » Non seulement vous devez saluer jusqu'à terre, mais encore, ainsi que je vous le disais tout à l'heure, vous devez par un rien, par un je ne sais quoi, un tressaillement imperceptible, indiquer que vous vous sentez en présence d'un personnage considérable. Ce n'est pas bien malin, que diable ! Ça se comprend mieux que ça ne s'explique. Du reste, ceux qui n'auront pas compris auront affaire à moi. Tenez-vous-le pour dit. L'incident est clos. Frappez, l'avertisseur !

Oh ! Oh !

LE CONNÉTABLE DE BOURGOGNE

Bougre !

Trois coups. Rideau. La claque fait une ovation au décor.
On annonce :
Monsieur le duc de Montmorency.

PREMIER SEIGNEUR

Ah ! Ah !

TROISIÈME SEIGNEUR, *faisant claquer ses doigts.*

Hé bien, mon salaud !

PIÉGELÉ, *en évêque de Narbonne.*

C'est pas de l'eau de bidet, cré nom !

ROLAND

SCÈNE PREMIÈRE

Les trois coups de l'avertisseur. L'orchestre attaque, mais au même instant, Piégelé costumé en guerrier moyen

notre illustre Sarah achève de se faire friser pour la reprise du *Fils de Ganelon*, je vous demanderai une seconde d'attention pour une petite affaire per-

âge apparaît devant le rideau ; il fait un signe à l'orchestre qui se tait.

PIÉGELÉ

Mesdames et Messieurs, pendant que

sonnelle. Jusqu'à ce jour, je m'en étais tenu à remplir l'emploi, plutôt modeste, d'un messager sarrasin. — Ça consistait à saluer Charlemagne et à lui remettre

6

une lettre avec toutes les marques de la considération la plus distinguée. Je m'en tirais assez gentiment, mais enfin, comme effet produit, c'était plutôt limité. Or, Ledaim, qui remplit le petit rôle de Roland, s'étant trouvé indisposé, j'ai profité de la circonstance pour faire un petit peu de chahut et j'ai obtenu de le remplacer au pied levé. — Je vais donc débuter tout à l'heure dans le rôle de Roland — vingt lignes... dont je ne sais d'ailleurs pas la première syllabe. Oh ! mais là ! rien ! pas une broque ! Ce n'est pas de ma faute, je n'ai pas de mémoire ! c'est même curieux pour un comédien — aucune mémoire. Sorti de : « Ah ! ah ! voici ma fidèle armée ! » je ne me rappelle pas un mot.

Philosophe.

Ah ! et puis qu'ça fait ? je prendrai du souffleur.

Au souffleur.

Tu entends, Courgougnioux ? Ah ! zut ! Il n'y est pas ! En voilà un souffleur ! Quand il ne dort pas, il est chez le marchand de vin. — Je vous demanderai donc, Mesdames et Messieurs, de m'accorder toute votre indulgence, au cas où le manque de mémoire, joint à l'émotion inséparable d'un premier début...

L'AVERTISSEUR, *passant sa tête par le manteau d'Arlequin.*

Comment, vous êtes là ? Voilà une heure qu'on vous cherche de tous les côtés ; et on vous trouve faisant la conversation avec les spectateurs ?... Vingt francs d'amende !...

PIÉGELÉ, *suffoqué.*

Vingt fr... ! Un mois d'appointements !

L'AVERTISSEUR

En scène ! En scène !...

PIÉGELÉ

Voilà...

Sortant.

J'ai encore deux ou trois minutes, si j'essayais de rassembler mes souvenirs... Voyons, j'entre et je dis : « Ah ! ah ! voici ma fidèle armée... » Parfaitement ; je ne me rappelle pas un mot.

Philosophe.

Ah ! Et puis je m'en fiche, je prendrai du souffleur.

Il sort.

SCÈNE II

Le décor représente les gorges de Roncevaux.

LES PREUX, *entrant.*

Noël ! Noël ! Gloire à l'illustrissime Roland !

PIÉGELÉ

« Ah ! ah ! Voici ma fidèle armée... » euh... « ma fidèle armée.. »

Il va au souffleur.

Courgougnioux !

LE SOUFFLEUR

« Ma fidèle armée... ma fidèle armée. » Ah ! voilà.

Il souffle.

« Voici mes vieux compagnons d'armes. Salut, ô mes preux ! »

PIÉGELÉ, *jouant.*

« Voici mes vieux compagnons d'Arles ; salut aux nez creux ! »

LE SOUFFLEUR, *rectifiant.*

« O mes preux ! »

PIÉGELÉ, *qui n'a pas saisi.*

Quoi ?

LE SOUFFLEUR

« O mes preux ! »

PIÉGELÉ

« Aux lépreux », c'est vrai... « Salut aux lépreux !... » Euh... euh... euh...

LE SOUFFLEUR

« Je suis le fameux paladin ! »

PIÉGELÉ, *d'une voix éclatante.*

« Je suis le fameux Paul Adam ! »

LE SOUFFLEUR

« Paladin ! »

PIÉGELÉ, *se reprenant.*

« Péladan, » pardon ! « Je suis le fameux Péladan ! »

LE SOUFFLEUR

« Autour de mon nom brille une légende illustre. »

PIÉGELÉ

« Auteur de mon nombril, légende illustrée. »

LE SOUFFLEUR

« Par cent faits. »

PIÉGELÉ

« Par Sanfourche. » Heu... heu...

A part.

Je ne me rappelle pas un mot, c'est épatant. Avec ça, le public commence à

PIÉGELÉ

« Aussi vrai que je suis Laurent... Durand, je veux dire... ; non pas, Durand... chose ! »

LE SOUFFLEUR

« Aussi vrai que je suis neveu de Charlemagne. »

faire une tête... tout à l'heure ça va se gâter.

Haut.

Heu... Heu...

Tumulte dans la salle.

LE SOUFFLEUR

« Hé bien, mes preux. »

PIÉGELÉ

« Hé bien, lépreux. »

UN SPECTATEUR

Assez, à la porte !

LE SOUFFLEUR

« Aussi vrai que je suis Roland. »

PIÉGELÉ

« Aussi vrai que je suis le vieux Charlemagne »

LE SOUFFLEUR

« Je suis content. »

PIÉGELÉ

« Je suis Gontran. »

LE SOUFFLEUR

« A voir tant de vaillances... »

PIÉGELÉ

« Avorton de Mayence ! » heu... heu... « Je suis Gontran, avorton de Mayence ! » heu !... heu !... « Salut aux lépreux ! »

Dans la salle, potin indescriptible :

*huées, sifflets aigus, cris d'oi-
seaux.*

PIÉGELÉ, *justement indigné.*

Oh ! vous pouvez faire du pétard, ça
ne change rien à la question !

Très affirmatif.

Je suis Gontran, je suis Gontran, vous
dis-je, et je suis également Laurent, et
même l'empereur Charlemagne ! Honte
et mépris à la cabale ! C'est une indignité
de s'opposer ainsi à l'éclosion des talents
jeunes !

LE PUBLIC

Au rideau ! Des excuses ! On insulte
les spectateurs !

LE SOUFFLEUR, *qui tient bon.*

« Sus aux Sarrasins ! »

PIÉGELÉ

« Suce un Sarrasin ! »

LE PUBLIC

Assez ! Assez donc !

LE SOUFFLEUR

« Je veux voir tournoyer au-dessus de
leurs têtes l'épée immense du grand Empereur ! »

PIÉGELÉ

« Je veux voir tournoyer au-dessus de
leurs têtes les pieds immenses du grand
Empereur. »

LE RÉGISSEUR, *paraissant en scène.*

Retirez-vous !

PIÉGELÉ

Jamais !

LA RÉGISSEUR

A moi !

*Entrent des machinistes, des pom-
piers, des garçons d'accessoires,
lesquels s'emparent de Piégelé. —
Hurlements dans la salle.*

PIÉGELÉ, *soulevé de terre et emmené à
bout de bras.*

Je n'ai pas fini, je n'ai pas fini ! c'est
ignoble. On veut m'empêcher de me produire ! Salut aux lépreux !... Salut aux
lépreux ! Je suis... Je suis... heu... Je
suis Galswinthe...

Il disparaît.

26

---

*Le Pont-Royal. Minuit moins dix. Deux
dragons attardés regagnent la caserne
d'Orsay. Long silence, puis :*

PREMIER DRAGON

Mon vieux cochon, écoute un peu ; je
m'en vais te dire une bonne chose. Tu
sais bien, Marabout ?

DEUXIÈME DRAGON

Marabout ? Oui après ?

PREMIER DRAGON, *confidentiel.*

Hé ben ! mon vieux salaud, je sais où
qu'y demeure.

DEUXIÈME DRAGON

Tu sais où qu'y demeure, Marabout ?

PREMIER DRAGON

Oui, j'sais où qu'y demeure.

DEUXIÈME DRAGON

Où qu'y demeure ?

PREMIER DRAGON

Tu demandes où qu'y demeure, Marabout ?

DEUXIÈME DRAGON

Oui, où qu' c'est qu'y demeure, Marabout ? pis' qu' tu dis q' tu sais où qu'y
demeure.

PREMIER DRAGON

Pour sûr, je le sais où qu'y demeure.

Un temps.

Y demeure au 26.

DEUXIÈME DRAGON

Ah !

Un temps.

A quel 26 ?

PREMIER DRAGON

A quel 26 ?

DEUXIÈME DRAGON

Oui, à quel 26 qu'y demeure ? Y en a beseff des 26 ?

est épatant, c' client-là ; y dit comme ça qu'y en a beseff, des 26 !...

DEUXIÈME DRAGON

Enfin c'est pas tout ça ; quel 26 qu'y reste ?

DEUXIÈME DRAGON

Quel 26 qu'y reste ?

Solennel.

Mon vieux cochon, je m'en vais te dire

PREMIER DRAGON

Des 26 ? Hé ben, mon salaud, je pense bien qu'y en a beseff ! Si j'étais seulement de la classe autant comme y a des 26, j'te passerais une sacrée curette, ah ! là là !

Il rit. Goguenard.

C' que t'en as une couche !... Vrai, alors ! Tu pourrais installer, tu sais... Il

une bonne chose : j' me rappelle pas quelle rue qu'y demeure.

DEUXIÈME DRAGON

Tu t'rappelles pas quelle rue qu'y demeure ?

PREMIER DRAGON

Non, mon vieux.

DEUXIÈME DRAGON

Hé ben ! mon salaud !...

Silence.

PREMIER DRAGON

J'sais que c'est au 26.

Nouveau silence.

DEUXIÈME DRAGON, *frappé d'une idée.*

C'est pas au boulevard Batignolles, des fois ?

PREMIER DRAGON

Boulevard Batignolles ?

DEUXIÈME DRAGON

Oui, boulevard Batignolles.

PREMIER DRAGON, *rassemblant ses souvenirs.*

Boulevard Batignolles... Boulevard Batignolles... Mon vieux colon, je peux pas te dire si c'est au boulevard Batignolles ; j'me rappelle seulement que c'est au 26.

DEUXIÈME DRAGON

Ah !

Un temps.

C'est pas rue des Halles ?

PREMIER DRAGON

Quelle rue ?

DEUXIÈME DRAGON

Rue des Halles.

PREMIER DRAGON

Où q' c'est t'y ça, la rue des Halles ?

DEUXIÈME DRAGON

Aux Halles.

PREMIER DRAGON, *rêveur.*

Rue des Halles ?... Voyons donc !

Il cherche. Résolument.

Non, c'est pas rue des Halles. J'me rappelle pas au jus' quelle rue qu' c'est qu'y demeure, mais pour sûr c'est pas rue des Halles.

Un temps.

C'est au 26, en tous cas.

DEUXIÈME DRAGON

C'est pas faubourg Saint-Denis ?

PREMIER DRAGON

Faubourg Saint-Denis ?

Il s'esclaffe.

Ah ! non !

Narquois.

Hé ben ! mon vieux !... Hé ben, mon salaud !... Ah ! là là ! J'le connais mieux que toi, le faubourg Saint-Denis ; j'ai mon beau-frère qui est tripier au coin du faubourg Saint-Denis et du boulevard La Chapelle : tu comprends qu' je le connais mieux qu' toi, le faubourg Saint-Denis. Sûr que non, ce n'est pas au faubourg Saint-Denis.

DEUXIÈME DRAGON

Ah !

Long silence.

C'est pas rue Neuve-des-Mathurins ?

PREMIER DRAGON, *après avoir hésité.*

Non.

DEUXIÈME DRAGON

Ce n'est pas... avenue Daumesnil ?

PREMIER DRAGON, *après mûres réflexions.*

Non.

DEUXIÈME DRAGON

Ce n'est pas boulevard Contrescarpe ?

PREMIER DRAGON

Non.

DEUXIÈME DRAGON

Ce n'est pas à Bercy ?... à Grenelle ?... à Montrouge ?... C'est pas à l'Ecole militaire ?

Gestes successifs de dénégation.

C'est pas place du Trône ?... rue aux Ours ?... Boulevard des Filles-du-Calvaire ?... place Maubert ?... Avenue de l'Opéra ?... C'est pas au Troiscadéro ?... rue du Bac ?... à la Halle aux vins ?... à la Bourse ?... à la Glacière ?...

PREMIER DRAGON

Non.

Nouveau silence.

C'est pas à Paris, d'ailleurs, c'est dans le Midi ; aux environs de... Ah ! flûte !... à Saint... — cré saleté de pays — ... rue... Bon Dieu de bon Dieu !... 26.

AVANT ET APRÈS

SCÈNE PREMIÈRE

Un sous-bois à Villebon. Deux heures. Marthe et René couchés l'un près de l'autre, dans l'herbe.

RENÉ, *le chapeau sur les yeux, les mains en coussin sous la nuque.*

Marthe !

MARTHE, *à demi assoupie.*

Qu'est-ce qu'elle a fait ?

RENÉ

Je t'aime.

MARTHE

Parfaitement ; je la connais, tu me la fais tous les dimanches.

Un silence.

RENÉ

Alors tu ne... veux pas ?

MARTHE

Non.

RENÉ

Tu es ridicule, tu sais. Je te demande un peu ce que ça pourrait te faire.

MARTHE

Ça me fait que je ne veux pas.

RENÉ

Ah !

Nouveau silence.

RENÉ

Marthe!

MARTHE

Après ?

RENÉ

Je t'aime.

MARTHE

Oui, je te dis ! C'est-y drôle que ce soit la même comédie chaque fois que nous avons mangé à la campagne.

RENÉ

Si le grand air m'inspire, moi.

MARTHE, *ironique.*

Le grand air !... Tu m'as l'air grand air ; dors donc.

Troisième silence, très long cette fois. Calme immense de la forêt. D'invisibles oiseaux s'appellent. Au loin, très loin, chantent les grenouilles amoureuses.

RENÉ, *brusquement.*

Marthe, je t'aime

Il se couche sur le flanc.

MARTHE, *prise d'inquiétude.*

René, tiens-toi tranquille ; tu ne vas pas recommencer tes bêtises et me geler avec tes sales pattes, peut-être.

RENÉ

Confesse la vérité, Marthe ; tu ne crois pas à mon amour.

MARTHE

Pas un instant.

RENÉ, *plaintif.*

J'en étais sûr ! — Mon Dieu ! que c'est donc malheureux de se voir méconnu ainsi ! Tu es pourtant la seule que j'aie jamais aimée.

MARTHE

Et la soixante-dix-huitième à laquelle tu l'aies jamais dit.

RENÉ

Ah ! cela, par exemple, jamais !

MARTHE, *faussement indignée.*

Menteur !

RENÉ, *solennel.*

Marthe, je te le jure ! Certainement, j'ai eu des maîtresses, et la passion, comme à tous les hommes, m'a fait lâcher bien des bêtises à certaines heures de ma vie ; mais quant à avoir dit : « Je t'aime » à une femme, jamais, tu entends bien, jamais !

MARTHE, *ravie.*

Sale bête ! Sale type !

Changement de ton.

René, je t'en prie, sois raisonnable.

Dieu, que tu es enfant !... Quoi ? Tu veux
m'embrasser ? Hé bien ! embrasse-moi.
Là ! Assez !

Très câline.

Alors, dis donc, c'est vrai ? Tu n'en
as jamais aimé d'autre ?

RENÉ

Sur quoi veux-tu que je te jure ?

prendre ; car celui-là seul qui a foulé du
pied le sable aride du désert peut goûter
la fraîcheur exquise de l'oasis.

MARTHE, *à part.*

Oasis !

RENÉ

Le proverbe a bien raison, va, qui dit :
« Si jeunesse savait ! » Mais voilà le mal-

MARTHE

Sur rien, mon chéri ; je te crois.

RENÉ, *rêveur.*

Même, si tu savais les mauvais souvenirs que laissent les mauvaises jeunes-
ses, et de quel prix on voudrait les racheter !... Tiens, quand je remonte mon
passé, il me semble que je mords dans
un artichaut cru.

MARTHE

Comme je te comprends !

RENÉ

Non, tu ne comprends pas ; tu ne comprendras jamais, tu ne peux pas com-

heur, jeunesse ne sait pas, et c'est comme
cela, hélas, qu'on arrive à l'été de la vie,
— de la Saint-Martin, quelquefois, —
sans avoir connu cette chose ineffable-
ment délicieuse qui s'appelle le printemps. — C'est bête, hein, ce que je te dis
là ?

MARTHE

Bête ! ! !

RENÉ

Tu ne trouves pas ?

MARTHE

Dieu, non, je ne trouve pas !

RENÉ

Au fond, vois-tu, avec mes airs d'épa-
teur, j'ai toujours été un sentimental,...
je suis, sans que cela y paraisse, tout ce
qu'il y a de plus enfant.

MARTHE

Je m'en étais toujours doutée.

RENÉ, *qui l'enlace doucement.*

Même, je te dirais bien quelque chose,
mais tu te moquerais de moi...

MARTHE

Non ! je te le jure.

RENÉ, *se penchant à son oreille.*

Hé bien ! — Ce qu'il faut que je t'aime
pour braver la pudeur d'une telle confession !... — Hé bien !... l'idée que j'ai pu
appartenir à d'autres femmes qu'à toi,
Marthe, suffit à me donner des nausées !

MARTHE, *d'une voix mourante.*

Tu ferais de moi ce que tu voudrais
avec de telles paroles. Non, sois sage,
René !... Sois sage, je t'en supplie ! Oh !
mon Dieu ! si maman me voyait ! Elle
qui me croit à l'atelier, en train de faire
des heures en plus.

RENÉ

Elle nous bénirait, ma chérie ; comme
Dieu, en ce moment, nous bénit !

MARTHE

Il ne vient personne, au moins ?

SCÈNE II

Même décor. Dix minutes plus tard.

RENÉ

Si nous nous tirions des pieds ?

MARTHE

Attends un peu ; nous sommes si bien,
ici !

Tendrement.
René !

RENÉ

Quoi ?

MARTHE

Je t'aime.

RENÉ

Oui, bien obligé. Voyons, fichons-nous
le camp ? J'ai les fesses toutes trempées,
moi.

MARTHE

Comme ça a l'air de te faire plaisir !

RENÉ

Quoi ? d'avoir les fesses toutes trempées ?

MARTHE

Non ! mais d'être aimé comme je
t'aime !

RENÉ

Ah !...

Geste exaspéré.

MARTHE

Que tu es grossier avec moi !

RENÉ

Tu m'embêtes.

MARTHE

Je le savais bien, va, que ça finirait
comme ça !

RENÉ

Alors tu es inexcusable de t'être encore
laissée pincer.

MARTHE, *fondant en larmes.*

Si maman me voyait !...

RENÉ, *les bras sur la poitrine.*

Dis donc, est-ce que tu vas me raser
longtemps avec ta mère ? La fille suffi-
sait, tu sais !...

L'HONNEUR DES BROSSARBOURG

LA BARONNE

Un mot, je vous prie, monsieur de Brossarbourg, mon époux. Il faut enfin que je vous entretienne d'un petit incident d'une nature toute spéciale et sur lequel je me fusse tue, si les événements eussent mieux répondu à ce que j'avais espéré d'eux. Il n'en a pas été ainsi ; désormais, je dois tout vous dire, préparez-vous à quelque chose d'énorme. L'honneur des Brossarbourg, monsieur...

LE BARON, *vaguement inquiet.*

L'honneur de Brossarbourg, madame ? L'honneur des Brossarbourg, dites-vous ?...

LA BARONNE *avec une douloureuse solennité.*

L'honneur des Brossarbourg, monsieur de Brossarbourg, est à tout jamais dans le sciau !

LE BARON

Dans le... l'honneur des !... Qu'entends-je ! ! ! Le nom de votre complice, madame ! Il me faut son nom et son sang ! — Ah ! tête-Dieu ! son nom, vous dis-je ; le nom de cet homme, à l'instant même !

LA BARONNE

Je l'ignore.

Etonnement du baron de Brossarbourg.

Ah ! c'est une tragique et mystérieuse histoire que celle dont il me reste à vous faire le récit. Ecoutez et jugez, du reste. Vous vous souvenez qu'au mois de novembre dernier vous conviâtes plusieurs amis à venir séjourner quelques jours au château pour y faire avec vous l'ouverture de la chasse. Ils vinrent au nombre de six : le vicomte de La Mothe-aux-Dames, le chevalier de Mépié, M. de Poilu-Boudin, le général baron de la Rossardière...

LE BARON

... le docteur Bougredâne et Oscar de Proutrépéto, parfaitement. Hé bien ?

LA BARONNE

Hé bien ! voici. Deux ou trois jours après l'arrivée de ces messieurs, je changeais de linge en ma chambre, avant de descendre présider le dîner. J'en étais arrivée à cette minute psychologique où l'extrémité inférieure de la chemise, remontée au niveau de la nuque, s'accroche inévitablement au feu d'artifice d'épingles qui jaillit de la tête des femmes...

Pudique.

Par égard pour le Faubourg, je vous demanderai avec instances la permission de jeter un voile...

LE BARON

Je vous en prie.

LA BARONNE

Soudain, comme je luttais pour dégager ma tête du frêle tissu qui l'emprisonnait, j'entendis derrière moi s'ouvrir doucement la porte et une voix, une voix d'homme crier :

— Tonnerre de Dieu, la belle femme !

Je jetai un cri. Au même instant quelqu'un s'approcha de moi, et mettant lâchement à profit l'état de quasi-captivité et de cécité absolue au sein duquel je continuais à me débattre, répéta par trois fois : « Du satin ! du satin ! oui, oui, du satin tout craché ! » en passant doucement la paume de sa main sur la naissance de mes...

Pudique :

Pour le même motif que plus haut, je vous demanderai la permission de jeter un deuxième voile... Quand, enfin, je rentrai en possession de ma tête, et pus promener autour de moi un regard noblement courroucé, l'insulteur avait disparu, laissant une tache indélébile au blason des Brossarbourg...

LE BARON

Comment, tu n'avais pas reconnu à la voix ?...

LA BARONNE

Pardon! A certaines intonations canailles, j'avais cru reconnaître, en effet, la voix de M. de Proutrépéto. Je résolus de tirer la chose au clair, et d'arracher à ce faux gentilhomme l'aveu de sa félonie, déterminée à l'en punir, ensuite, de la plus éclatante façon. Usant des armes que la nature nous a données : le charme, la coquetterie et la séduction, je l'attirai en un rendez-vous qui devait être un guet-apens. Il céda. Une nuit que tout dormait, je lui ouvris ma porte, puis ma couche...

LE BARON

Comment ! comment !

LA BARONNE

Rassurez-vous ! Il y avait un poignard sous le traversin, et les hurlements de plaisir que parut m'arracher l'étreinte de M. de Proutrépéto n'étaient qu'une comédie bien jouée. Quand je le vis mûr pour l'aveu, gorgé de voluptés, prêt à exhaler son âme dans l'ivresse d'un spasme suprême, je me penchai sur lui, et, avec un sourire badin, lui dis-je ; tu peux « Confesse tout, petit cochon, lui dis-je ; tu peux tout avouer à cette heure. C'est toi qui es entré l'autre jour dans ma chambre pendant que je changeais de chemise ? » En même temps, ma main, impatiente, taquinait le manche du poignard. Mais il répondit : « Comprends pas », avec un tel air de sincérité, une figure à ce point ahurie et idiote, que je ne doutai plus que je me fusse abusée...

LE BARON, *qui s'éponge le front.*

Ouf !

LA BARONNE

Mes soupçons se portèrent sur M. de Poilu-Boudin, de qui les regards libidi-

neux m'avaient toujours paru sujets à caution. Point découragée par un premier échec, obstinée à venger l'honneur des Brossarbourg, je me remis, avec ce nouveau personnage, en frais de coquetterie et de grâce captieuse. Les hommes sont bêtes : au même piège où, déjà, était tombé M. de Proutrépéto, M. Poilu-Boudin se laissa prendre à son tour. Confiant et luxurieux, une nuit, par la porte laissée exprès entre-bâillée, il se faufila en silence, et, en un lit qui, peut-être, allait devenir son tombeau... Que vous dirais-je ? Il est tels accents de vérité auxquels on ne saurait se méprendre ! M. de Poilu-Boudin était innocent, indiscutablement innocent ! Il sortit de mes bras comme il y était entré, et le poignard, cette fois encore, resta caché sous le traversin.

LE BARON

Et sans doute vous songeâtes alors à M. de la Rossardière ?

LA BARONNE

Vous l'avez dit. Malheureusement cette troisième tentative demeura aussi inutile que l'avaient été les deux autres. Il en fut de même pour le chevalier de Mépié...

LE BARON

... puis pour le docteur Bougredâne ?

LA BARONNE

... Et pour M. de La Mothe-aux-Dames, hélas ! oui. Si bien que j'en suis venue à soupçonner le cocher !

LE BARON

Hé là !

LA BARONNE

Ou le concierge.

LE BARON

Le concierge ! !

LA BARONNE

Oui, monsieur, le concierge ! et j'en aurai le fin mot avant qu'il soit huit jours.

LE BARON, *hors de lui.*

En vérité, madame, vous êtes plus bête cent fois que tous les cochons de Cincinnati ! Que ma figure se couvre de boutons ! Si je vous eusse pu soupçonner aussi démesurément imbécile, je ne me fusse point livré à l'innocente plaisanterie qui consista à vous tapoter le derrière en le comparant à du satin.

LA BARONNE

C'était vous ?

LE BARON

Parfaitement, madame, c'était moi.

LA BARONNE

Mon Dieu, que je suis aise de l'apprendre ; car, à la crainte que ce fût le cocher ou le concierge, se mêlait vaguement, indicible, la terreur que ce fût le nègre !

CIBOULOT, VOUS ÊTES UN COCHON

SCÈNE PREMIÈRE

Sur le boulevard, à l'heure verte.

MARMOUILLARD

Ciboulot, béni soit le ciel qui vous a placé sur mes pas.

CIBOULOT

Marmouillard, bénis soient les dieux qui vous ont placé sur ma route.

MARMOUILLARD

De grâce, disons des choses sérieuses. Ciboulot, vous êtes un cochon.

CIBOULOT

Vous m'épouvantez. Etes-vous sûr ?

MARMOUILLARD

Je vous dis, Ciboulot, que vous êtes un cochon ; et si je vous dis que vous êtes un cochon, c'est qu'en effet vous êtes un cochon. — Comment, infâme Ciboulot, depuis le temps que nous nous connaissons, j'en suis encore à espérer que vous voudrez bien une fois, — je dis : une fois ! — me donner des billets de théâtre pour aller applaudir une de vos premières ?

CIBOULOT

Mais...

MARMOUILLARD

Pardon ; voulez-vous me permettre ?

CIBOULOT

Je vous en prie.

MARMOUILLARD

Vous fîtes jouer aux Bouffes, en octobre dernier, une certaine *Madame Brinborion* qu'interpréta Mily-Meyer et qui triompha plus de trois mois.

CIBOULOT

Oui.

Mentant :

Et j'ai le souvenir très précis de vous avoir donné une place pour la première : un fauteuil de galerie, de face, qui était, je crois, le 44.

MARMOUILLARD

Le 44 ?

CIBOULOT

Ou le 45 ; je ne sais plus.

MARMOUILLARD

Ni le 44 ni le 45, Ciboulot ; ni n'importe quel autre fauteuil, de face, de profil ou de trois quarts. Vous me donnâtes peau-de-balle.

CIBOULOT

Allons donc !

MARMOUILLARD

Ne dites pas : « Allons donc » ; je vous répète, Ciboulot, que vous me donnâtes peau-de-balle.

CIBOULOT

C'est donc sans l'avoir fait exprès.

MARMOUILLARD

Soit. — En janvier, vous fîtes représenter au théâtre de la Renaissance un vaudeville intitulé : *Sa Majesté le roi Loufoque*.

CIBOULOT

Il est vrai.

Mentant.

La première en eut lieu un samedi, et

CIBOULOT

Se peut-il ?

MARMOUILLARD

Sous pli recommandé et affranchi sept sous, vous m'adressâtes peaudezébie.

CIBOULOT

C'est donc que la poste ne vous aura

je vous adressai par la poste, sous pli recommandé et affranchi sept sous, une excellente loge de balcon. Il pleuvait... preuve que je ne mens pas.

MARMOUILLARD

Une loge de balcon ?

CIBOULOT

Oui, une loge de balcon. Peut-être même, était-ce une loge d'avant-scène.

MARMOUILLARD

Ni l'une ni l'autre.

pas remis ma lettre. Je vais écrire au Ministre et faire révoquer le Directeur.

MARMOUILLARD

Passons. Février arriva, et, avec lui, la première, au Vaudeville, de votre comédie...

CIBOULOT

Les maris sont des traîtres ; parfaitement. C'était un mardi.

Mentant.

Même que je vous remis, en mains

propres, deux jolis fauteuils d'orchestre...

MARMOUILLARD

Point.

CIBOULOT

Point ?

MARMOUILLARD

Aucun fauteuil d'orchestre.

CIBOULOT, *feignant de douter.*

Croyez-vous ?

MARMOUILLARD

Si je crois ? Ah ! Je vous crois que je crois.

CIBOULOT, *faussement navré.*

Je fus un coupable.

MARMOUILLARD

Vous fûtes ce que vous êtes resté : un cochon. — Mais, dites, Ciboulot, l'heure est venue de racheter vos torts et je compte que vous n'y sauriez manquer.

Geste éloquent de Ciboulot.

L'*Echo de Paris* d'aujourd'hui annonce que vous avez ce soir une première à l'Odéon.

CIBOULOT

Non ; au Gymnase. A l'Odéon, c'est la pièce de X...

MARMOUILLARD

C'est juste. Donnez-moi un fauteuil d'orchestre, Ciboulot, pour votre première du Gymnase.

CIBOULOT, *solennel et menteur.*

Le diable m'emporte si je ne vous en ai pas envoyé quatre, il n'y a pas plus de vingt minutes, par le chasseur du café... chose.

MARMOUILLARD, *froidement.*

C'est une blague.

CIBOULOT

Je vous jure...

MARMOUILLARD

C'est une blague. — Ciboulot, vous êtes un cochon ; vous ne voulez pas me donner des places pour aller voir jouer votre pièce ? Eh bien, écoutez-moi : à compter de cet instant, je vous tiens et ne vous lâche plus. Cramponné aux boutons de votre redingote, je m'incruste à votre existence. Rocher que vous êtes, je serai la moule inexorablement attachée à vos flancs. A travers une vie à tout jamais gâtée, je vous poursuivrai de mes reproches, et...

CIBOULOT, *effrayé.*

Vous ne ferez pas cela, Marmouillard ?

MARMOUILLARD

Je le ferai.

CIBOULOT

Homme impitoyable !

MARMOUILLARD

Je le ferai.

CIBOULOT

Cœur de marbre !

MARMOUILLARD

Je le ferai ! Je le ferai! Je le ferai !

CIBOULOT, *vaincu.*

Voulez-vous un strapontin numéroté ?

MARMOUILLARD

Oui.

CIBOULOT

En voici donc un, c'est tout ce qui me reste.

Il le lui donne.

Seulement vous savez, mon vieux, soyez gentil. Je compte sur vous pour le petit bravo.

MARMOUILLARD

Plaisantez-vous !... Merci, Ciboulot ; merci bien.

Ciboulot s'éloigne.

Marmouillard, resté seul, contemple le billet. Il le tourne, le retourne, le flaire, le tripote.

A mi-voix :

Je ne sais pas à quoi ça tient : mais j'ai comme une vague idée que c'est un joli coup de rasoir, cette pièce-là.

Même jeu.

Il fait chaud..., pour aller au théâtre...

Même jeu.

... s'embêter.

Même jeu.

Quelle diable d'idée ai-je eue, de demander cette place ?... Qu'est-ce que je vais en ficher ?

Inspiration soudaine.

Au fait, que je suis bête !... Je vais la donner à mon pipelet !

SCÈNE II

Le lendemain. Même décor, même heure.

MARMOUILLARD, *à part.*

Ah bigre ! ah sapristi ! ah diable ! Ciboulot s'avance vers moi la main tendue. Il a le sourire sur les lèvres et sans doute il va me demander si j'ai pris beaucoup d'agrément à sa nouvelle pièce du Gymnase. Que lui répondre ?... Lui avouer que j'y ai envoyé mon concierge serait peut-être de mauvais goût... Ma foi, tant pis ! payons d'audace. D'ailleurs j'ai lu le compte rendu.

Il va à Ciboulot.

Ah ! mon cher ! Ah ! mon cher ! que je vous fais de compliments !

CIBOULOT, *ravi et modeste.*

Vous vous êtes amusé ?

MARMOUILLARD

Si je me suis ?... Farceur ! C'est-à-dire que je suis sorti bouleversé.

CIBOULOT, *confus.*

Allons !

MARMOUILLARD

Il n'y a pas de « allons » ; je vous assure, Ciboulot, que je suis bouleversé. Ne vous faites donc pas plus modeste et plus humble qu'il ne convient ; vous avez beaucoup de talent, et votre type de jeune fille est un bijou de grâce d'ingénuité et d'esprit.

CIBOULOT, *surpris.*

Mon type de jeune fille ?

MARMOUILLARD, *poursuivant.*

Votre héroïne, madame... chose, machin... je ne sais plus comment vous l'appelez) est d'une cruauté effrayante, mais combien vraie, hélas ! et combien observée !... Bien aussi, le mari, oh ! très bien ! et cependant je vous demanderai la permission de glisser une légère critique.

Vous êtes féroce pour cet honnête homme, réellement ; et le coup de couteau de la fin est de trop.

CIBOULOT

Oui ?

MARMOUILLARD

Tout de bon.

CIBOULOT

Vous m'étonnez.

MARMOUILLARD

Il se peut que je vous étonne, mais enfin il en est ainsi ; et quand j'ai vu l'amant le poignarder froidement en disant : « Vous m'avez tiré six coups de revolver qui ont tous raté les uns après les autres : je suis en droit de légitime défense », les larmes ont jailli de mes yeux.

Emu.

Vous êtes un cochon, Ciboulot ; vous m'avez fait pleurer comme une simple grisette.

CIBOULOT

En vérité ?

MARMOUILLARD

En vérité.

CIBOULOT

Marmouillard, vous êtes un cochon ; vous n'êtes pas allé voir ma pièce.

MARMOUILLARD, *dans un hurlement.*

Moi ! ! !

CIBOULOT

Oui, vous.

MARMOUILLARD

Du tonnerre de Dieu...

CIBOULOT

Laissez donc le tonnerre de Dieu au magasin des accessoires ; voilà une heure que vous pataugez dans la pièce de l'Odéon.

MARMOUILLARD, *atterré, à part.*

Zut ! Je me suis trompé de compte rendu.

L'AMI DES LOIS

J'aime et admire au delà de toute expression les personnes qui, par leur esprit d'à-propos, les seules ressources de leur ingéniosité, ont raison de la bêtise des choses et de la méchanceté des hommes. J'adore, après les avoir vues à travers des larmes indignées, revendiquer en vain leur dû, — ce dû que, neuf fois sur dix, par le seul fait qu'il est leur dû incontestable, l'infâme et imbécile Loi, ennemie née des hommes de bonne volonté,

se refuse à leur accorder — les voir ouvrir à deux battants, sur l'inviolable territoire des abominations légales, des portes qu'on ne soupçonnait point. Oui, il est un beau spectacle : celui des gens de bien bafoués, las d'être dupes, qui en viennent à se déguiser en brigands pour avoir le droit de leur côté et demandent à la mauvaise foi ce qu'ils n'ont pu obtenir du seul bien-fondé de leur cause.

LA CORRESPONDANCE CASSÉE

SCÈNE PREMIÈRE

Place de la Bastille, à la tête de ligne des tramways « Place-Blanche Boulevard-Richard-Lenoir ».
On va partir.
Debout sur la plate-forme du véhicule, le contrôleur appelle les numéros.

LE CONTROLEUR

Cinquante-huit !... Cinquante-neuf !... Soixante !... Soixante et un !...

LA BRIGE, *qui a le 61, s'approchant :*

Monsieur, je descends à l'instant même du tramway de la Porte-Rapp, muni de cette correspondance, que j'ai cassée sans le faire exprès. En voici les deux morceaux. Est-ce qu'elle est tout de même valable ?

Le contrôleur ne dit ni oui ni non. Il borne sa réponse à un hochement négatif, absolument imperceptible d'ailleurs, de sa casquette brodée d'argent. C'est en effet un personnage considérable, qui doit aux

seules supériorités de sa rare intelligence la haute situation qu'il occupe dans la vie. Il se sait fils de ses œuvres ; il est en outre homme d'esprit et à la repartie facile, toutes qualités qui l'enorgueillissent fort et le portent à traiter avec quelque dédain les petites gens que leur humble condition oblige à prendre le tramway.

LE CONTROLEUR

Soixante-deux !... Soixante-trois !... Soixante-quatre !... Soixante-cinq !...

LA BRIGE, *qui recommence.*

Monsieur, j'ai le soixante et un ; mais, ainsi que je vous l'ai déjà dit, voici ce qui m'est arrivé. En descendant du tramway de la Porte-Rapp, je me suis flanqué les quatre fers en l'air, — non pour mon agrément, je vous prie de le croire — si bien que ma correspondance s'est cassée dans mes doigts, en deux. Est-elle tout de même valable ?

LA CONTROLEUR, *qui, cette fois, ne s'a-*
baisse même plus jusqu'à agiter sa
casquette.

Soixante-six !.. Soixante-sept !... Soi-
xante-huit !... Soixante-neuf !...

LA BRIGE

Pardon. — Est-ce que vous êtes sourd,
idiot ou empaillé ?

LE CONTROLEUR

Vous dites ?

LA BRIGE

Je dis : « Est-ce que vous êtes sourd,
idiot ou empaillé ? »

LE CONTROLEUR

Dites donc ! Je vais aller vous ensei-
gner la politesse, moi.

LA BRIGE

Vous aurez donc à l'aller apprendre
d'abord.

LE CONTROLEUR

Malappris ! Grossier personnage !

LA BRIGE

C'est vous qui êtes un malappris. Voilà
deux fois que je vous demande si cette
correspondance cassée peut encore servir
oui ou non.

LE CONTROLEUR, *dans un aboiement.*

Non, elle ne peut pas servir ! ! !

LA BRIGE

Il fallait le dire tout de suite. — Puis,
d'où vient qu'elle ne puisse servir ? Les
morceaux en sont bons, pourtant.

LE CONTROLEUR, *spirituel.*

Mangez-les, s'ils sont si bons que ça.
Il rit.
Un temps.
Eh bien ?... Quoi ?... Quand vous res-
terez là une heure, avec votre correspondance ?... Je vous répète qu'elle ne
vaut rien !...

LA BRIGE

Elle ne vaut rien parce que vous ne
voulez pas la prendre. Vous n'avez pas
de complaisance, voilà tout. — Voyons,
quel plaisir prenez-vous à me faire dé-
penser trois sous inutilement ? Vous ne
savez même pas si je les ai.

LE CONTROLEUR

Il ne s'agit pas de tout ça. Voulez-vous
monter, et payer ?

LA BRIGE

... Et remarquez bien, je vous prie,
que chacun des deux morceaux de cette
correspondance cassée est absolument
intact...

LE CONTROLEUR

Soixante-dix !... Soixante et onze !...
Soixante-douze !...

LA BRIGE

... qu'en rapprochant ces deux moitiés,
nous obtenons un tout parfait...

LE CONTROLEUR

Soixante-treize ! .. Soixante-quatorze !...
Soixante-quinze !...

LA BRIGE

... timbré à la date du jour...

LE CONTROLEUR

Soixante-seize !...

LA BRIGE

... et aux couleurs réglementaires.

LE CONTROLEUR

Soixante-dix-sept !... Soixante-dix-
huit !... Soixante-dix-neuf !

LA BRIGE

Il suffit ; je paierai ma place.

LE CONTROLEUR

Vous vous décidez ?

LA BRIGE

Je me décide.

LE CONTROLEUR

C'est heureux. Vous y avez mis le
temps.

La Brige escalade l'impériale et
s'installe. Le tramway part. Deux
minutes s'écoulent.

SCÈNE II

Sur l'impériale.

LE CONDUCTEUR, *apparaissant brusque-*
ment.

Places, siouplaît !

LA BRIGE, *qui a tiré de sa poche un por-*
tefeuille bourré de billets de banque
et en a pris un dans le tas.

LE CONTROLEUR

Qu'est-ce que c'est que ça ?

LA BRIGE

C'est un billet de mille francs.

LE CONTROLEUR

Un billet de mille francs ?

LA BRIGE

Parfaitement.

LE CONDUCTEUR

Vous vous fichez de moi. Qu'est-ce que vous voulez que j'en fasse ?

LA BRIGE

Payez-vous.

LE CONDUCTEUR

Je n'ai pas de monnaie.

LA BRIGE

Vous m'en voyez pénétré de tristesse !...

Un temps.

J'en ai, moi.

LE CONDUCTEUR

Vous avez de la monnaie ?

LA BRIGE

Bien sûr, j'ai de la monnaie !... Au point que j'en suis comme cousu.

Tapant sur son gousset.

Entendez-vous plutôt, en mes poches, la joyeuse chanson du billon? Dites, n'ai-je point l'air d'avoir sur moi des escadrons de mules harnachées ? Ah ! la voix harmonieuse des pièces de dix centimes !... N'est-elle pas la plus douce du monde ?

LE CONDUCTEUR, *agacé.*

Voulez-vous me payer, à la fin ?

LA BRIGE

Je ne demande que ça. Pour qui me prenez-vous ? Je serais le dernier des hommes si je prétendais occuper sur une impériale de tramway une place dont je n'acquitterais point le montant.

Souriant.

Mon brave, voici cinquante louis ; les voulez-vous ou ne les voulez-vous pas ?

LE CONDUCTEUR

Je n'ai pas de monnaie, encore une fois.

LA BRIGE

Allez en faire.

LE CONDUCTEUR

Est-ce que vous prenez le pape pour une crotte de chien ? Nous allons peut-être changer l'itinéraire de la voiture et passer par la Banque de France ?

LA BRIGE

Passez par où il vous plaira ; mais quant à avoir un seul sou des innombrables sous contenus en mes poches, abandonnez cette espérance.

LE CONDUCTEUR

Cependant...

LA BRIGE

Je vous demande pardon. — Les rè-

glements en vigueur disent-ils que je dois payer ma place en espèces déterminées ?

LE CONDUCTEUR

Il ne s'agit pas de ça. Du reste, vous savez, je m'en bats l'œil... Vous êtes voyageur sans argent ; et je vous signalerai au prochain bureau, boulevard des Filles-du-Calvaire.

LA BRIGE

Non.

LE CONDUCTEUR

Non ?

LA BRIGE

Non.

LE CONDUCTEUR

Pourquoi donc ?

LA BRIGE

Pourquoi ?... Parce que je descends ici. Voulez-vous faire arrêter, je vous prie ?

LE CONDUCTEUR

Vous ne descendrez pas.

LA BRIGE

Si.

LE CONDUCTEUR

Si ?

LA BRIGE

Si !... je descendrai, au contraire ; je descendrai à l'instant même, attendu qu'il n'est point de lois ni de prophetes s'opposant à ce qu'un voyageur descende du tramway quand il lui plaît d'en descendre.

LE CONDUCTEUR

Mais...

LA BRIGE

J'en appelle aux personnes présentes, et, si cela devient nécessaire, à MM. les gardiens de la paix.

LE CONDUCTEUR

Payez d'abord.

LA BRIGE

Vous dites toujours la même chose.

Pour la troisième et dernière fois, pouvez-vous me rendre sur mille francs ?

LE CONDUCTEUR

Non.

LA BRIGE

Eh bien ! allez vous asseoir...

Il se lève.

LE CONDUCTEUR

Bon Dieu ! voulez-vous rester là ?...

LA BRIGE

Mon ami, faites bien attention aux paroles que je vais prononcer : je suis un homme doux et sociable mais il ne faut pas abuser. Si vous avez le malheur de me barrer le chemin, je vous saisis par le fond de la culotte et je vous envoie pardessus cette balustrade voir sur la chaussée si j'y suis. — Voulez-vous me laisser passer ?

LE CONDUCTEUR, *immédiatement revenu à de meilleurs sentiments.*

Au fond, je crois volontiers qu'une correspondance cassée est, jusqu'à certain point, valable ! Celle de Monsieur n'est peut-être pas si mauvaise... et si Monsieur, qui est beaucoup trop honnête homme pour laisser un pauvre diable comme moi casquer de trois sous à sa place, voulait avoir la complaisance de venir jusqu'au bureau des Filles-du-Calvaire...

UNE LETTRE CHARGÉE

La scène se passe à la poste.

LA BRIGE, *le nez à un guichet.*

Monsieur, un de mes amis qui me devait cent francs vient de me renvoyer cette somme. Il me l'a expédiée par lettre chargée, à mon nom, bien entendu, mais adressée au Ministère de l'Intérieur où je suis commis principal. Le facteur chargé de me la remettre s'est présenté à mon bureau avant que j'y fusse arrivé.

L'EMPLOYÉ

... et il l'a remportée, comme c'était son devoir.

LA BRIGE

Vous l'avez dit. Elle a donc fait retour à la poste...

L'EMPLOYÉ

. . et, à cette heure, c'est moi qui l'ai.

LA BRIGE

Oh !... Voulez-vous me la donner, s'il vous plaît ? Je suis monsieur...

L'EMPLOYÉ

... monsieur La Brige.

LA BRIGE, *un peu étonné.*

Il est vrai. Mais comment...

L'EMPLOYÉ

Vous ne me remettez pas ?

LA BRIGE

Mon Dieu...

L'EMPLOYÉ

J'ai eu l'avantage, autrefois, de me trouver souvent avec vous aux vendredis des Crottemouillaud.

LA BRIGE

Chez les Crottemouillaud ?

L'EMPLOYÉ

Oui.

LA BRIGE, *le fixant.*

Eh ! mais... Rappelez-moi donc votre nom... Ratbouilli, je crois ; Ratcrevé ?

L'EMPLOYÉ

Ratcuit.

LA BRIGE

C'est ce que je voulais dire. — Vous avez une sœur ?

L'EMPLOYÉ

Oui, monsieur.

LA BRIGE

Fort blonde ?

L'EMPLOYÉ

Fort blonde.

LA BRIGE

C'est bien ça. La délicieuse jeune fille !... Je la fis valser bien des fois ! Je vous prie de m'excuser si je ne vous ai pas reconnu : je ne m'attendais pas au plaisir de vous voir, puis vous êtes à contre-jour. Enchanté de vous retrouver en bonne santé. Votre sœur va bien ?

L'EMPLOYÉ

A merveille.

LA BRIGE

Veuillez me rappeler à son souvenir et lui faire tous mes compliments.

L'EMPLOYÉ

Je n'y manquerai pas.

LA BRIGE

Mille grâces. — Donc, vous avez une lettre, pour moi, une lettre chargée contenant cent francs ?

L'EMPLOYÉ

La voici.

Il la lui fait voir.

LA BRIGE

Bon !

Il avance la main par l'ouverture du guichet.

L'EMPLOYÉ, *qui recule la sienne.*

Pardon.

LA BRIGE

Qu'est-ce qu'il y a, monsieur ? Vous ne voulez pas me donner ma lettre ?

L'EMPLOYÉ

Je veux bien vous donner votre lettre, mais il vous faut, au préalable, justifier de votre identité.

LA BRIGE

A qui ?

L'EMPLOYÉ

A moi.

LA BRIGE

A vous ?

L'EMPLOYÉ

Sans doute.

Un temps.

LA BRIGE, *stupéfait.*

Voilà une bonne plaisanterie !... Il faut que je vous établisse comme quoi je suis M. La Brige, alors que vous avez été le premier à me reconnaître, pour m'avoir vu, vingt fois, naguère, chez nos amis les Crottemouillaud ?

L'EMPLOYÉ

Permettez, monsieur, permettez ! Je vous ai reconnu en tant qu'homme du monde, mais j'ignore qui vous êtes, en tant que fonctionnaire.

LA BRIGE

Certes, j'avais entendu parler des chinoiseries administratives ; mais celle-ci...

L'EMPLOYÉ

Vous êtes étonnant ! Je suis employé de l'Etat ; les règlements sont les règlements et je ne saurais les enfreindre sans risque.

La Brige veut parler.

L'EMPLOYÉ

Eh ! monsieur, il y va de ma respon-
sabilité. Supposez que vous ne soyez pas
le destinataire de cette lettre et que je
vous la remette cependant. Qu'arriverait-
il ? Il arriverait : primo, que je serais en-

que vous êtes bien cette personne, et je
vous remettrai ce qui est à vous.

LA BRIGE, *les yeux au ciel.*

La fooorme !... Enfin !

Il tire son portefeuille.

Voici des enveloppes de lettres.

gueulé comme du poisson pourri ; se-
cundo, que j'aurais à rembourser de ma
poche les cent francs, valeur déclarée,
accusés à sa suscription.

LA BRIGE

Que diable allez-vous chercher là, mon
cher monsieur! Suis-je, oui ou non, M. La
Brige ? De votre propre aveu, le suis-je ?

L'EMPLOYÉ

Vous êtes M. La Brige, c'est vrai.

LA BRIGE

Eh bien, alors ?

L'EMPLOYÉ

Eh bien, justifiez... preuves en main,

L'EMPLOYÉ

Je vous remercie, mais ça ne suffit pas.
Avez-vous votre carte d'électeur ?

LA BRIGE

Non, mais je peux vous montrer ma
quittance de loyer et mon contrat d'assurance.

L'EMPLOYÉ

Je m'en contenterai.

LA BRIGE

C'est heureux. Voici ces deux pièces.

L'EMPLOYÉ, *qui les prend.*

Merci.

*Long silence. L'employé examine
les papiers de tout près.*

De l'autre côté du grillage auquel il repose son front, La Brige attend une décision en grinçant des maxillaires.

A la fin :

L'EMPLOYÉ

Je reconnais l'authenticité de ces documents. Seulement, ils ne prouvent rien.

LA BRIGE

Pourquoi ?

L'EMPLOYÉ

Parce qu'ils concernent un nommé Jean-Philippe La Brige, domicilié 14 bis, rue de Douai, alors que la lettre chargée, objet de votre démarche, intéresse un nommé La Brige, prénommé aussi Jean-Philippe, mais domicilié place Beauvau, au Ministère de l'Intérieur.

LA BRIGE

Si bien que voilà le ministre obligé de me louer un bureau ou de m'assurer contre le feu, faute de quoi ce sera comme des pommes pour rentrer dans mes cent francs ?

L'EMPLOYÉ

Rassurez-vous. La lettre vous sera représentée.

LA BRIGE

Quand ?

L'EMPLOYÉ

Demain matin, à huit heures.

LA BRIGE

Bon ! Les bureaux n'ouvrent qu'à dix.

L'EMPLOYÉ

Puis à midi.

LA BRIGE

De mieux en mieux. C'est le moment où je pars déjeuner.

L'EMPLOYÉ

Puis à six heures.

LA BRIGE

Du soir ?... Parfait !... Les ministères ferment à cinq.

L'EMPLOYÉ

Monsieur, j'en suis désolé ; mais, avec la meilleure volonté du monde, il n'est pas possible à la poste de modifier les heures du courrier à seule fin de les faire concorder avec vos heures de présence au Ministère de l'Intérieur.

LA BRIGE

Alors ?

L'EMPLOYÉ

Alors...

Geste vague.

LA BRIGE

Alors, c'est bien ce que je pensais ; nous passerons, le facteur et moi, la moitié de notre existence à tenter de nous rencontrer, et l'autre moitié à flétrir la fatalité exécrable qui nous isolera, moi et lui, trois fois chaque jour, à heures fixes, sur des points différents du globe. Cependant, sciemment et de sang-froid, vous persisterez à détenir entre vos mains une somme d'argent dont j'ai besoin et que vous savez être à moi au point de n'en pouvoir douter ?

L'EMPLOYÉ

Monsieur ?

LA BRIGE

Monsieur, cela est trop absurde. Si je connais bien le règlement, le destinataire d'une lettre chargée entre en possession de son dû moyennant décharge au facteur par lui donnée sur un petit livre à cet effet ?

L'EMPLOYÉ

Oui.

LA BRIGE

Ceci sans le concours d'aucun contrat d'assurance, d'aucune quittance de loyer, en un mot, d'aucune sorte de papier authentique répondant de l'identité du signataire ?

L'EMPLOYÉ

Non.

LA BRIGE

C'est tout ce que je voulais savoir. Vous trouverez donc bon, monsieur, que je donne la somme de vingt sous au concierge de mon Ministère afin qu'il réponde : « C'est moi » quand le facteur, ma lettre à la main, viendra lui demander : « M. La Brige ? »

L'EMPLOYÉ

Je n'y vois pas d'inconvénient.

LA BRIGE

Vous voudrez bien tenir pour excellente la griffe : « Jean-Philippe La Brige » qu'apposera sur registre officiel ce personnage appelé Pépin ?

L'EMPLOYÉ

Pourquoi pas ?

LA BRIGE

Ce sera un faux.

L'employé se remet au travail. La Brige, lui, gagne la sortie et retourne à son ministère, y acheter à raison d'un franc la signature du concierge, qui se fait d'ailleurs un plaisir de la lui donner pour

L'EMPLOYÉ

Qu'est-ce que vous voulez que j'y fasse ?

LA BRIGE

Rien du tout. Nous voici d'accord et vous m'en voyez plein de joie. Monsieur, à l'honneur de vous revoir ! Mes amitiés à votre sœur.

L'EMPLOYÉ

Serviteur de tout mon cœur !

rien : gens honnêtes et simples, gens de bien, personnes estimables qui doivent se mettre à deux, afin de ramener à la raison — grâce à une imposture grossière — la sottise des règlements, laquelle serait sans limites, si la bêtise des hommes chargés de les appliquer ne la dépassait de cent coudées.

LE PIANO

LA BRIGE

J'avais emménagé rue de Douai depuis une huitaine de jours, quand le bonhomme qui m'avait loué un piano me tomba sur le poil comme un coup de bâton, flanqué de deux déménageurs aux maillots rayés blanc et bleu d'où ressortaient de formidables biceps aussi gros que des traversins et gonflés comme des boudins blancs.

L'homme n'eut qu'un mot :

— Mon piano ?...

Après quoi, ayant aperçu la nappe lumineuse que reflétait l'instrument en une encoignure de la pièce :

— J'arrive à temps ! soupira-t-il soulagé, en séchant de son bras sur son front la sueur d'angoisse qui y perlait. Oh ! là ! vous autres, enlevez-moi ça !

J'étais stupéfait.

Je demandai :

— Est-ce que ça vous prend souvent ?

Mais comme il demeurait sourd à mon interrogation, fouettant le zèle des déménageurs, leur criant : « Hardi, là ! hardi !... Soulevez-le par les poignées ! » et disant qu'il avait apporté une corde :

— En vérité, je ne vous comprends pas, déclarai-je. Je vous ai loué, il y a un an, ce piano, à raison de quinze francs par mois, que je vous ai payés avec ponctualité. Le respect que j'ai toujours eu de la propriété des autres m'a fait lui prodiguer des soins pour ainsi dire maternels : jamais une autre main que la mienne n'en a passé les dorures à l'eau de cuivre, n'en a frotté le palissandre à l'encaustique japonais. Sans doute, s'il m'eût appartenu, je m'en fusse moins mis en peine. Quelle mouche vous a donc piqué ? Quelle fureur s'est emparée de

vous ? Pourquoi me priver de ce meuble dont je vous paie la location, que j'entretiens en bon état et dont je me sers pour jouer des airs qui me distraient quand je m'embête ?

Il répondit :

— Vous ne deviez point déménager sans mon autorisation expresse, car je ne loue point de piano que le concierge du locataire n'appose d'abord sa signature au bas de l'acte de location. C'est pour moi une garantie indispensable. Or vous avez quitté votre ancien domicile pour en venir occuper un nouveau. A cette heure, je suis dans vos mains : il vous est loisible de dire que *mon* piano est à vous et de vous l'offrir si le cœur vous en dit. Je ne vous connais pas, après tout. Est-ce que je sais jusqu'à quel point vous n'êtes pas un malhonnête homme ? Qui me prouve que vous payez vos dettes, si ce n'est contraint et forcé ? Qui me dit que vous n'avez pas des traites en souffrance chez les huissiers du voisinage et que vous ne serez pas saisi demain, vous, vos frusques et votre mobilier... dont *mon* piano fait à présent partie ? D'ailleurs, ce n'est pas tout ça ; vous me l'allez rendre, *mon piano* ; vous me l'allez rendre à l'instant même, où j'envoie chercher les agents et je dépose une plainte en abus de confiance entre les mains du procureur de la République.

Tout en discourant de la sorte, le loueur de piano me foudroyait de ses regards, des regards noirs, chargés de haine. Que j'eusse pris de satisfaction à lui casser sa sale gueule ! Seulement, voilà, je suis un homme d'intérieur, je me complais à l'intimité du chez moi et j'aime charmer la longueur des mornes

soirées de l'hiver en jouant au piano le
Petit Suisse, Mon Rocher de Saint-Malo
et l'air charmant de Loïsa Puget :

> Un coup d' picton !
> Moi j'm'en fiche,
> Y faut que j'fiche !

La perspective d'une dépossession
cruelle me troublant plus que je ne saurais dire, je ravalai le flot indigné que je
sentais me prendre à la gorge.

— Voilà bien des histoires, dis-je. Au
reste, puisque ma parole ne vous semble pas une garantie suffisante, je vais
envoyer ma domestique prier le concierge de venir parapher de sa griffe le
contrat de location du...

Ouat ! Je n'eus point le temps d'achever.

— Inutile ! braillait mon interlocuteur.
Je me moque de votre concierge. Je veux
mon piano, voilà tout. Oh ! hisse ! les
déménageurs ! Enlevez-le avec précau-
tion ! Un peu d'huile de bras, s'il vous
plaît !

C'était à la fois le plus féroce et le
plus perspicace des hommes ; si bien
qu'ayant lu dans mes yeux mes secrètes
inquiétudes, il n'hésitait point un seul
instant à sacrifier sa rapacité au plaisir
de me faire du chagrin en me privant
d'une distraction qu'il devinait m'être pré-
cieuse. Crapule, va ! — Il finit cependant par céder... non sans avoir exigé
de moi une augmentation mensuelle de
huit francs sur le prix de location de la
misérable épinette dont il me laissait la
jouissance. Encore feignit-il d'en user
avec beaucoup de grandeur d'âme.

Le différend tranché, je hélai par-des-
sus la rampe le concierge Arnoult, qui
monta, et je lui expliquai ma requête.
Absurde à l'égal d'un sophisme, aussi
bête qu'un troupeau de cochons et plus
bouché à soi tout seul que cent flacons
d'éther bouchés à l'émeri, le concierge
ne comprit pas ; mais pressentant que
j'en appelais à sa bonne grâce, il n'eut
pas une hésitation.

Simplement :

— Non ! déclara-t-il, je ne ferai pas
ce que vous me demandez.

Pourquoi ne le voulut-il pas faire ?
Mon Dieu, pour rien ! pour le plaisir !
pour la seule et unique raison que je
souhaitais qu'il le fît !

En vain, j'insistai :

— Je vous prie, signez cet acte, monsieur Arnoult ! Quel avantage trouvez-
vous à ne pas me rendre ce petit service ?

— Point ! hurlait Arnoult. Point !
point ! point ! Ce piano fait partie de l'a-
meublement qui me répond de votre sol-
vabilité et je ne le laisserai pas sortir.
Sais-je si vous paierez votre terme,
quand je vous présenterai la quittance ?

— Et ma salle à manger ?

— Je m'en fiche !

— Et ma garniture de cheminée, d'une
valeur de douze cents francs ?

— Je me fiche de votre garniture !

— Et ma bibliothèque de poirier noici,
que j'ai payée deux cent louis ?

— Je me fiche de votre bibliothèque.
Le piano ne sortira pas ; voilà tout ce
que j'ai à vous dire.

Ainsi parla Arnoult, le concierge, et
brusquement mes yeux s'ouvrirent à la
réalité des choses. Je compris que les
hommes sont méchants, et mon cœur,
exempt de souillures, mon cœur pur, mon
cœur ingénu, s'emplit soudain contre eux
de rancœurs irréconciliables. Pincé
ainsi qu'en un étau entre ces deux êtres
infâmes, également acharnés, et cela
sans aucun motif, à me voler l'innocent
plaisir que je goûte à faire chanter au
clavier les inspirations de Loïsa Puget,
j'imaginai soudain de neutraliser ces for-
ces et de les réduire à néant par l'appli-
cation du principe *similia similibus*.

— Enlevez l'instrument ; je n'en veux
plus ! criai-je au loueur de pianos.

— Je m'y oppose ! hurla aussitôt le
concierge.

— Je m'en emparerai pourtant, dit le
premier, car il garantit ma créance.

— Je vous en empêcherai, répliqua le
second, par toutes les voies de droit et

même d'injustice, car il me répond du loyer.

Et voilà trois ans que cela dure ; trois ans que ces deux imbéciles, victimes de leur complicité, disputent d'une propriété dont je suis seul à jouir et vocifèrent : « ce piano est mon bien » avec un touchant unisson, ce pendant que moi, désormais désintéressé, je joue de la musique pour rien, sur un piano qui se trouve ne plus être à personne, en louant la sagesse du Seigneur Notre Dieu qui a su faire, de la bêtise insondable des hommes, un contrepoids à leur surprenante méchanceté.

TABLE DES MATIÈRES

COCO, COCO & TOTO

LE MIROIR CONCAVE

L'AMI DES LOIS

COLLECTION ILLUSTRÉE A **95** CENTIMES

En reliure artistique, 1 fr. 50

Volumes parus :

ALPHONSE DAUDET

TARTARIN DE TARASCON

Illustrations de G. DUTRIAC

Un volume in-8º.

JEAN AICARD

DE L'ACADÉMIE FRANÇAISE

TATA

Roman illustré par SUZANNE MINIER

Un volume in-8º.

GYP

LE FRIQUET

ROMAN

Illustrations de KAUFFMANN

Pour paraître le 10 Août :

GEORGES RODENBACH

BRUGES-LA-MORTE

Illustrations de MARIN BALDO

LES MEILLEURS AUTEURS CLASSIQUES

Français et Étrangers.

❖ ❖ ❖

VOLUMES PARUS

ARISTOPHANE, Théâtre, 2 vol.
BEAUMARCHAIS, Théâtre.
BERNARDIN DE SAINT-PIERRE,
Paul et Virginie.
BOCCACE, Le Décaméron, 2 vol.
BOILEAU, Œuvres poétiques et en prose.
BOSSUET, Oraisons Funèbres,
— Discours sur l'histoire universelle.
BRANTOME, Dames Galantes.
CAMOENS, Les Lusiades.
CASANOVA (JACQUES), Mémoires,
6 vol.
CÉSAR, Commentaires sur la Guerre des
Gaules.
CHATEAUBRIAND, Atala, René; Le
Dernier Abencérage.
CORNEILLE, Théâtre, 2 vol.
DANTE, La Divine comédie.
DESCARTES, Discours de la Méthode,
Méditations métaphysiques.
DIDEROT, La Religieuse; Le Neveu de
Rameau.
ESCHYLE, Théâtre.
FÉNELON, Télémaque.
— De l'Education des Filles.
FOË (DANIEL de), Robinson Crusoé.
GŒTHE, Werther; Faust; Hermann et
Dorothée.
HOMÈRE, Iliade.
— Odyssée.
LA BRUYÈRE, Caractères.
La FAYETTE (Mme de), Mémoires;
Princesse de Clèves.
LA FONTAINE, Fables.
— Contes.
LA ROCHEFOUCAULD, Maximes.

LE SAGE (A.-R.), Histoire de Gil Blas de
Santillane. 2 vol.
LESSING, Théâtre.
MAISTRE (X. DE), Œuvres.
MARIVAUX, Théâtre choisi.
MOLIÈRE, Théâtre, 4 vol.
MONTAIGNE, Essais, 4 vol.
MONTESQUIEU, Lettres Persanes.
— De l'Esprit des Lois, 2 vol.
MUSSET (A. de), Premières Poésies,
1829-1835.
— Poésies nouvelles, 1836-1852.
— Comédies et Proverbes, 2 vol.
— La Confession d'un Enfant du siècle.
— Contes.
— Nouvelles.
— Mélanges de littérature et de critique.
— Œuvres Posthumes.
OVIDE, Les Métamorphoses.
PASCAL, Pensées.
— Les Provinciales.
RABELAIS, Œuvres. 2 vol.
RACINE, Théâtre. 2 vol.
ROUSSEAU (J.-J), Confessions, 2 vol.
— Julie ou la nouvelle Héloïse, 2 vol.
— Du Contrat social.
SCHILLER, Les Brigands; Marie-Stuart;
Guillaume-Tell.
SÉVIGNÉ (Mme de), Lettres choisies.
SOPHOCLE, Théâtre.
SPINOZA, Éthique.
STAEL (Mme de), De l'Allemagne, 2 vol.
VIRGILE, L'Énéide.
VOLTAIRE, Dictionnaire philosophique.
— Histoire de Charles XII.
— Siècle de Louis XIV, 2 vol.

Chaque volume, format in-18 jésus

Prix : broché, **95** cent., relié toile pleine, **1 fr. 75.**

Sceaux — Imp. Charaire.

Gravé et imprimé
par CHARAIRE
= à Sceaux. =

www.ingramcontent.com/pod-product-compliance
Lightning Source LLC
Chambersburg PA
CBHW060830250626
47162CB00005B/2012